银色之星

The Silver Star

[美] 珍妮特·沃尔斯 著

Jeannette Walls

廖美琳 译

上海文艺出版社

图书在版编目(CIP)数据

银色之星/(美)沃尔斯著;廖美琳译.—上海：
上海文艺出版社,2014
 ISBN 978-7-5321-5553-8

Ⅰ.①银… Ⅱ.①沃…②廖… Ⅲ.①长篇小说—美国—现代 Ⅳ.①I712.45

中国版本图书馆 CIP 数据核字(2014)第 247564 号

The Silver Star
ⓒ 2013 by Jeannette Walls
Arranged with William Morris Endeavor Entertainment，LLC.
through Andrew Nurnberg Associates International Limited
Chinese simplified character translation rights ⓒ 2014 by
Shanghai 99 Culture Consulting Co.，Ltd

著作权合同登记号　图字:09-2014-853

责任编辑：毛静彦
特约策划：邱小群
封面设计：丁威静

银色之星
〔美〕珍妮特·沃尔斯 著
廖美琳 译
上海文艺出版社出版、发行
地址:上海绍兴路74号
新华书店经销　山东临沂新华印刷物流集团印刷
开本 890×1240　1/32　印张 9.5　字数 268,000
2015年1月第1版　2015年1月第1次印刷
ISBN 978-7-5321-5553-8/I·4437　定价:45.00元

本书献给约翰

是他帮助我塑造了"蚕豆"这个人物,

并且热爱她

纯粹而简单的真理很少是纯粹的,也从来不会是简单的。

——奥斯卡·怀尔德

第一章

在我还是个小婴儿的时候，我姐姐救过我一命。事情是这样的。在和家人大吵一架后，妈妈决定午夜时离家出走——带着我们。我当时只有几个月大，所以她把我放在了婴儿提篮里，在忙着把一些东西塞进皮箱里时，她随手把提篮搁在了汽车的车顶上。然后，她把三岁的莉丝安置在后座上。当时妈妈正在经历一段艰难的时期，满脑子都是心事——疯了、疯了、疯了，她后来这样描述自己。她把被搁在车顶上的我忘得一干二净，开车就走。

莉丝开始尖声喊叫我的名字，手不停地往上指。一开始，妈妈不知道莉丝在说什么，后来才意识到自己刚刚做了什么，立马踩了刹车。提篮向前滑落到了发动机罩上，但因为我被系得牢牢的，所以安然无恙。我甚至都没哭。多年后，每当妈妈讲起这件事情——她觉得这个故事很好笑，会演戏般地描绘细节——总喜欢说，感谢上帝，莉丝长了心眼，不然那个提篮肯定就飞出去了，我一定死翘翘。

莉丝清楚地记得这整件事情，但她从未想过这有多好笑。她救了我。莉丝就是这样做大姐的。这也是为什么，在一切开始变得一团糟的那天晚上，我一点都不担心妈妈已经走了四天了。我更担心的是那些鸡肉馅饼。

我真的很讨厌我们的鸡肉馅饼的皮被烤焦掉，可是烤箱的定时器坏了，所以那天晚上，我一直凝视着烤箱的小玻璃窗，因为一旦馅饼开始变成褐色，你必须一直看着它们。

莉丝在摆餐具。妈妈去洛杉矶了，现在在某个录音棚里作为后备歌手试演某个角色。

"你觉得她能得到那个工作吗？"我问莉丝。

"我不知道。"莉丝说。

"我知道。这次我有很好的预感。"

自从我们搬到"失落湖"——加州科罗拉多沙漠中的一个小镇——之后，妈妈经常去那个城市。通常她只会在外面待一两个晚上，从来没有像这次这么久。我们不知道她具体什么时候回来，因为电话被切掉了——妈妈跟电讯公司吵架，说有些长途电话她没有打过——她没办法给我们打电话。

就算这样，似乎也不是什么大不了的事情。妈妈的谋生之道一直以来占据了她很大一块时间。甚至在我们更幼小的时候，当她飞到某个地方，比如纳什维尔，她会请保姆或者朋友来照看我们——所以我和莉丝习惯了自己照顾自己。一切莉丝做主，因为她已经十五岁了，而我才刚十二岁，但我可不是那种娇生惯养的小孩。

妈妈不在时，我们所有能吃的就是鸡肉馅饼。我很喜欢吃，每天晚上吃都不嫌腻。莉丝说如果你还有一杯牛奶，加上鸡肉馅饼，那么你的晚餐就包含了所有四类健康食物——肉、蔬菜、谷物和乳制品——那便是完美的饮食。

而且，吃的过程也充满了乐趣。各自把自己那份馅饼放在小小的漂亮的锡箔饼盘里，然后随心所欲地想怎么弄就怎么弄。我喜欢把外皮敲碎后加入胡萝卜、豌豆、黄黄的糊糊，拌到一起再捣烂。莉丝觉得这种做法不文雅，弄得馅饼皮儿黏答答，湿乎乎的，她觉得鸡肉馅饼最吸引人的是那酥脆的外皮和滑腻的肉馅儿之间形成的对比。她更喜欢让外皮保持完整，一口一口地咬吃那些精致的楔形。

等到馅饼皮变成那美妙的金黄色时，边缘处将焦未焦时，我便告诉莉丝馅饼已经好了。她把它们从烤箱里拉出来，然后我们在铺了红色的福米卡塑料贴面的桌旁坐下来。

晚饭时，若妈妈不在，我们就玩莉丝发明的游戏。她管它叫"嚼和吐"，等对方嘴里满满的都是食物或牛奶时，你想法儿让她笑出来。几乎总是莉丝赢，因为我很容易被逗笑。有时，我笑得太厉害，牛奶直接从我鼻子里喷射出来。

她发明的另一个游戏叫"谎言游戏"。一个人给出两个陈述句，一个是真实的，一个是假的，而另一个人根据这两句话可以提五个问题，然后猜那句话是谎言。还是莉丝赢得多，但是跟"嚼和吐"游戏一样，谁赢谁输都无所谓。有趣的是玩游戏本身。那天晚上，我很兴奋，因为我想到了一道难以置信的难题：青蛙的眼睛在它吞咽时会进到嘴里；青蛙的血是绿色的。

"太简单了。"莉丝说，"绿色的血是谎言。"

"我不相信你这么快就猜到了。"

"生物课上我们解剖过青蛙。"

正当我还在说青蛙利用眼球来吞咽是多么滑稽和奇怪的事时，妈妈从外面走了进来，手里拿着一个系着红绳的白盒子。"乖女们，我给你们带了酸橙派啦。"她宣布道，举起了手里的盒子。她看上去容光焕发，脸上的笑容很灿烂："今天是个特别的日子，因为我们的生活即将改变。"

妈妈把派切开，挨个儿分发，她告诉我们她在录音棚里遇到一个男人。他是个音乐制作人，叫马克·帕克。他对她说，她之所以没能在备选歌手这个职业上取得成功，是因为她的嗓音实在太特别了，把主唱的声音都盖过了。

"马克说我不适合做任何人的副手。"妈妈解释说。他说她具有明星的特质，那天晚上他带她出去吃饭，讨论如何推动她的事业向前发展。"他很聪明，很有趣。"妈妈说，"你们一定会很喜欢他。"

"他是当真的呢，还是光说不做？"我问。

"说话小心点，蚕豆。"妈妈警告道。

"蚕豆"当然不是我的真名，但所有人都那样叫我。蚕豆。

这并不是我的主意。出生时，妈妈给我取名叫琼，但莉丝第一眼看到我时,她叫我"琼蚕豆"①,因为我就像蚕豆那么小,也因为那样叫押韵——莉丝喜欢押韵——叫"蚕豆"是因为它相对较短,但有时她会把它变得更长,叫我"托架"②或者"蚕豆头"③,在我洗澡时叫我"干净的蚕豆"④,因为我瘦得皮包骨,所以叫我"瘦蚕豆"⑤,为了让我高兴,叫我"蚕豆女王"⑥,我心情不好时,叫我"坏脾气的蚕豆"⑦。有一次,我吃了一碗坏了的辣椒,结果食物中毒了,她就叫我"绿蚕豆"⑧,后来,我拉肚子,感觉更糟,她就叫我"更绿的蚕豆"⑨。

莉丝无法抗拒文字游戏的魅力,所以她很喜欢我们新搬来的小镇的名字——"失落湖"⑩。"咱们去找它吧。"她会说,或者"不知道谁把它弄丢了",再或者"也许那个湖应该问问路"。

我们是在四个月前从帕萨迪纳市搬到失落湖来的,那天正好是一九七〇年的元旦,因为妈妈说换个环境可以给我们未来的十年一个新的开始。在我看来,失落湖是一个相当整洁的地方。这个小

---

① 琼的英文是"Jean",蚕豆的英文是"Bean",所以后面会有押韵一说。
② 英文为 Beaner。
③ 英文为 Bean Head。
④ 英文为 Clean Bean。
⑤ 英文为 Lean Bean。
⑥ 英文为 Queen Bean。
⑦ 英文为 Mean Bean。
⑧ 英文为 Green Bean。
⑨ 英文为 Greener Bean。
⑩ 英文为 Lost Lake,有"丢失了的湖"的意思。

镇上的居民多为墨西哥人，他们在院子里养鸡、养羊，而他们自己也在那儿生活，在烤炉上做饭，跟随收音机里播放的墨西哥音乐翩翩舞蹈，尘土飞扬的街道上随处可见溜达的猫狗。小镇边上的灌溉渠道把水引到农田。如果你穿着你大姐穿过的衣服，或者你妈妈开着一辆老旧的褐色道奇车，没有人会斜眼看的。邻居们都住在很小的土砖房里，但我们却租了一间煤渣砖的平房。把煤渣砖刷成绿蓝色，门和窗台刷成橘红色，是妈妈的主意。"我们甚至都不用假装好像很想融入到他们中似的。"她说。

妈妈是个歌手、词曲作者和演员。她从未真正演过一部电影，录过一张唱片，但她很讨厌人家说她"有抱负"，说实话，她比她经常买的电影杂志上形容的那种人更老一些。妈妈三十六岁的生日马上就要到了，她抱怨说那些正在备受关注的歌手，像詹尼斯·乔普林和琼尼·米歇尔，都比她至少年轻十岁。

尽管如此，妈妈还是经常说她很快就会有重大突破。有时试音后她会接到通知，让她回去再试试，回来后她常常摇头说录音棚里的那帮人都是"只看不买"的家伙，无非是想再看一眼她的乳沟。所以，妈妈有职业时，她的这份职业根本带来不了多少收入——到目前为止。我们主要是靠她继承到的遗产过活。本来就不是多大的一笔遗产，等到我们搬到失落湖时，我们的生活已经很拮据了。

妈妈不去洛杉矶时——无论从哪个方向去，都差不多要四个小时的车程，所以很耗钱——她会睡懒觉，白天则写歌，然后从她四把吉他中挑一把来弹。她最爱的是一九六一的泽麦迪斯,花了整整一年的房租。她还有一把吉布森南边珍宝,一把蜜色的马丁,一把用巴西玫瑰木做的西班牙吉他。不练歌时,她就写一部音乐剧,以她自己的生活为原型,脱离她那古老沉闷的南部家庭、抛下她的混蛋老公和一串赖账的男朋友——连同那些没有达到男朋友程度的"光看不买"者——以及发现自己真正的嗓音。她称这部音乐剧为"寻找奇迹"。

妈妈经常谈到创作过程中的秘密就是找到奇迹。她说,在生活中也是如此。找到奇迹。和谐的乐音,落在脸上的雨滴,洒在裸肩上的阳光,打湿了运动鞋的晨露,路边沟渠旁采得的野花,一见钟情的恋爱,对逝者悲伤的回忆。"在里面找到奇迹。"妈妈总是这样说;"如果你找不到,"她又说,"那么就去制造吧。"

我们三个人就是奇迹,妈妈喜欢这样说。她向我们保证,无论她将来多么有名气,对她来说,没有什么东西能比她的两个女儿更重要。她说,我们是三人帮。"三"是个完美的数字,她继续说。你想啊,有圣三一、三个火枪手、东方三王、三只小猪、三个臭皮匠、三只瞎老鼠、三个愿望、三击服刑制、三生欢呼,"三"是个有魔力的数字。妈妈说,我们三个人只需要彼此。

但这些都无法阻止她出去跟那些"光看不买"的家伙约会。

第二章

接下来的几个星期里,妈妈不停地说那个马克·帕克是如何"发现"她的。她把它当笑话说,但你能从中分辨出它有一种童话故事的味道,正是这一点吸引了她。那是一个神奇的时刻。

妈妈开始更频繁地往洛杉矶跑了——有时候一天,有时候两三天——回来时,她滔滔不绝地讲马克·帕克的故事。她说他是一个非凡的男人。他和她为了"找到奇迹"而一起共事,他帮她修改歌词,鞭策她注意修辞的使用,修正乐曲的改编。她告诉我们,马克替人写了大量的歌词。有一天,她带回来一套唱片。她抽出唱片套上的说明文字给我们看。马克在一首情歌的歌词上画了个圆圈,并在旁边潦草地写道:"在我遇到你之前,我就写下了关于你的这首歌。"

改编乐曲是马克的特长。一天,妈妈带回来了第二套唱片,是象征合唱团[①]的,上面有他们的畅销歌曲——《狮子今晚睡着了》。她解释说,马克对这首歌做了改编,马不停蹄地录了好多次。一开

[①] 美国上世纪六十年代著名的杜沃普摇滚乐组合。

始，象征合唱团不想唱马克的版本，但他说服了他们，甚至还伴唱了几句。如果注意听，你能听出他在和声部分的男中音。

对于一个做母亲的人来说，妈妈依然算是漂亮的。在弗吉尼亚——她在那儿长大——上高中时，她曾被评为"返校节皇后"。你会理解我为什么这么说。她有一双淡褐色的大眼睛，一头金发——在家时，她束成马尾辫，跑到洛杉矶，她就把它们散开，还稍作修饰。妈妈承认，上中学后，她的体重增加了几磅，但她说这让她的乳沟更深了点，作为一名歌手，在这方面再怎么厉害也不为过，如果没有其他优势，至少它能帮助你创造机会。

妈妈告诉我们，马克很喜欢她的曲线。和他交往后，她开始不但看上去更年轻，行动举止也开始装嫩起来。回到家，她的眼睛充满了活力，她向我们描述马克如何带她去航行，或者给她做清蒸扇贝，还有她又是如何教他跳卡罗来纳摇跃舞的。妈妈的名字叫夏洛特，马克为她发明了一种鸡尾酒，是用桃味利口酒、波本威士忌、石榴汁混合而成的，他管它叫"摇摆的夏洛特"。

不过，也不是说马克就那么完美。妈妈解释说，他也有阴暗的一面。像所有真正的艺术家一样，他喜怒无常，他们的合作也会出现紧张的局面。有时，很晚了，妈妈会给马克打电话——她把有争议的费用付清后，我们的电话又通了——我和莉丝能听到她冲电话那头喊叫，说什么"那首歌应该在和弦上结束，而不是慢慢消失"，或者"马克，不要对我期望太高！"妈妈说，这些都是创作上的分歧。马克准备为大唱片公司制作一盘试听带，收录她最好的那些歌曲。随着截止日期的临近，产生这种充满热情的分歧是很自然的。

我不断地问妈妈，我和莉丝什么时候去见马克·帕克。妈妈说马克很忙，经常飞纽约或伦敦，没有时间大老远地跑来失落湖看我们。我建议我们可以在某个周末开车去洛杉矶找他，但妈妈摇了摇头。"蚕豆，事实是，他忌妒你和莉丝。"她说，"他告诉我他觉得我谈你们谈得太多了，恐怕马克的占有欲还有点强。"

妈妈和马克交往几个月后，她跑回家来告诉我们，尽管马克日程繁忙，占有欲又强，他还是答应下周三来失落湖，等我们放学，看看我们。为此，我们三个在周二晚上对我们住的平房来了一次彻底的清扫：把杂物塞进橱柜；除去厨房水槽和厕所里的层层污垢；把妈妈的紫蝴蝶椅挪到被她洒了茶的地毯上，从而遮住那块污渍；把门把手和窗台擦拭干净；解开妈妈那纠结在一块的风铃；刮掉已经干了的、玩"嚼和吐"游戏时喷在地板上的食物残屑。干活时，我们唱起了《今晚狮子睡着了》。我们在歌词处融入到一起，"在丛林中，偌大的丛林……"然后莉丝唱"o-wim-o-weh-o-wim-o-weh o-wim-o-weh"，妈妈飙高音部"a-wooo-wooo-wooo"，我则插入低音部"ee-dum-bum-buway"。

第二天，学校一放学，我就赶回平房。当时我正上小学六年级，莉丝上高一，所以经常是我先到家。先前妈妈说马克开的是一辆带钢丝轮圈的凯旋汽车,但那天下午,停在平房门口的只有我们的褐色道奇。我走进屋,发现妈妈坐在地板上,四周凌乱地散着书本、唱片和从架子上扒拉出来的活页乐谱。她好像哭过。

"发生什么事了?"我问。

"他走了。"妈妈说。

"到底发生了什么事?"

"我们吵了一架。我告诉过你,他喜怒无常。"妈妈解释说,为了引诱马克来失落湖,她告诉他这天晚上我和莉丝会和朋友们一起过夜。他一到,妈妈告诉他计划有点小变化,我和莉丝放学后会回家来。马克勃然大怒。他说他感觉自己上当了,被诱骗了,然后,就冲出去了。

"真是个烂人!"

"他不是烂人。他只是容易动感情,愤世嫉俗而已。他非常喜欢我。"

"那么他会回来。"

"我不知道。"妈妈说,"这次真的很严重。他说他打算去意大利的别墅住段时间。"

"马克在意大利有别墅?"

"不是他的。是他的一个电影制作人的朋友的,他让马克随便用。"

"噢!"我说。妈妈一直想去意大利,而这个家伙只要高兴就可以飞到那儿。除了马克不愿见我和莉丝以外,他身上拥有妈妈希望男人身上拥有的一切东西。"我希望他喜欢我们。"我说,"因为除此以外,他实在是好得让人难以置信。"

"你这是什么意思?"妈妈提起了肩膀,目不转睛地盯着我,"你觉得我在编造这些?"

"哦,绝对没有。"我说,"编出个男朋友,真是太古怪了。"可是,话一出口,我突然意识到,所有这些就是妈妈编造出来的。我的脸突然发烫起来,好像我这会儿正盯着全身一丝不挂的妈妈。她和我互相对望着,我意识到她看出来了我已经知道这一切都是她自个儿瞎编的。

"去你的!"妈妈大喊一声。她站起来,嚷嚷着数落她为我和莉丝做的一切,她挣扎得多么辛苦,她牺牲了那么多,我们是多么忘恩负义的白眼狼。我试图让她冷静下来,但这只能让她更加愤怒。她继续咆哮,她根本就不该生孩子,尤其是我。我就是个错误。为了我们,她放弃了自己的生活和工作,为了我们,她花光了所有的遗产,而我们甚至连一点感激都没有。

"我再也受不了这儿了。"她尖叫道,"我要逃离这儿。"

正在我不知道该说什么来收场时,妈妈从沙发上一把抓起她的大手提包,冲了出去,门在她身后砰地一声关上了。我听到妈妈发动道奇,猛地加大油门开走了。除了风铃温柔的叮当声,整个平房寂静无声。

我给菲多喂食，它是妈妈在沃斯公司给我买的一只乌龟，她不让我养狗。之后我蜷缩在妈妈的紫蝴蝶椅上——她喜欢写歌时坐在那儿——眼睛盯着窗子，双脚缩拢，食指轻轻地拍着菲多的脑袋，等着莉丝放学回家。

事实上，妈妈是个脾气大的人，当事情变得不可收拾时，她会勃然大怒，彻底发飙，但也就是一阵子的事情，很快暴风雨过去，就像什么事都没有发生，我们继续生活。可这次不一样。妈妈说了以前从来没有说过的话，比如说我就是个错误。整个有关马克·帕克的事情相当的怪异。我需要莉丝帮我理清这一切。

莉丝能懂得所有的事情。她的脑子就是那样长的。莉丝才华横溢，人也长得漂亮，还很有趣，最重要的是，她相当聪明。我这样说不是因为她是我姐姐。如果你见到她，你会同意我的说法。她个儿高，身材苗条，皮肤苍白，有一头长长的、波浪般的头发，红红的泛着金色。妈妈老叫她"前拉斐尔派的美人"[①]，这时莉丝会翻着白眼说她没能早生一百年，生活在前拉斐尔派时代，实在是太糟糕了。

有一些人经常让大人，尤其是老师们，目瞪口呆，吐出诸如"神童"、"早慧"、"天才"的字眼，莉丝便是其中一员。莉丝知道

[①] 前拉斐尔派的画家热衷于描绘红发美女。

别人不知道的所有事情——比如，前拉斐尔派都有谁——因为她读书很多，有时同时读不止一本书呢。也有很多事情是她自己想出来的。她能在没有纸笔的情况下做很复杂的数学计算。她能回答很棘手、很费解的谜语，她还喜欢倒着念——比如把马克·帕克的名字"Mark Parker"读成"Kram Rekrap"。她喜欢易位构词游戏，把单词的字母位置调换，变成不同的词，把"deliver"变成"reviled"，"funeral"变成"real fun"。她还热衷于首音互换，本来想说的是"dear old queen"，出口却成了"queer old dean"，或者"bad money"变成"mad bunny"，"smart feller"变成"fart smeller"。她还是个杀手拼字游戏玩家。

莉丝的学校比我晚一个小时放学，但那天下午我觉得漫长无比。等她终于回来了，我等不及让她放下书本就开始滔滔不绝地向她倾诉妈妈大发脾气时的每一个细节。

"我真的不明白她为什么要编造马克·帕克的事情。"我说。

莉丝叹了口气。"妈妈经常会撒些谎。"她说。妈妈常常跟我们说的那些事情，莉丝怀疑都不是真的，比如她过去经常和杰奎琳·肯尼迪一起去猎狐狸，那时她们俩还是小女孩，再比如她曾经在一个谷物的商业广告上穿着香蕉服跳过舞。妈妈有一件红色的天鹅绒外套，她经常说那个故事：一天，琼·卡特·卡什听了她在那什维尔的一家酒吧里的演唱，便跑上台去和妈妈一起表演了一个二重唱。人群在她们脚下欢呼。琼·卡特·卡什当时穿的正是那件红色的天鹅绒外套，就在舞台上她把它送给了妈妈。

"根本不是这么回事。"莉丝说，"我亲眼看到妈妈是在一家教堂的标价拍卖会上买到的那件外套。她不知道我一直在看着，后来我也没说什么。"莉丝望向窗户外面："马克·帕克只是另一个跳舞的香蕉而已。"

"我真的搞砸了，对吗？"

"用不着自责，蚕豆。"

"我应该闭上我的大嘴巴的。可我真的没有说什么。"

"她知道你知道。"莉丝说，"她只是不知道怎么应付。"

"妈妈不只是编造了她遇到那些家伙的小故事。"我说，"还有那些电话。还有唱片封套上的说明文字。"

"我知道。"莉丝说，"有点可怕。我想她快要花完所有的钱了，这多少让她精神崩溃。"

莉丝说我们应该把屋子打扫干净，这样妈妈回来时，我们可以假装马克·帕克事件从来没有发生过。我们把书放回架子上，活页乐谱重新堆好，唱片装进封套。无意中我又看到了唱片封套上的文字，就在那儿，传说中的马克·帕克给妈妈写下了这样的话："在我遇到你之前，我就写下了关于你的这首歌。"令人毛骨悚然。

第三章

我们期待妈妈那天晚上或者第二天就能回来，但直到周末，我们依然没有她的任何消息。每当我表现得烦躁时，莉丝就叫我别担心，妈妈总会回来的。然后，我们就收到了那封信。

莉丝先读完，然后递给我，她自己走到窗台下的那张蝴蝶椅旁，一屁股坐了下去。

我亲爱的莉丝、甜心蚕豆，

现在是凌晨三点，我在圣地亚哥的一家旅馆里给你们写信。我知道最近我的游戏没有玩到顶点就结束了，为了完成我的歌曲——成为一个我想成为的母亲——我需要一些时间和空间。我也需要重新找到奇迹。我也祈祷平衡。

你们俩应该知道，对我来说，这个世界上没有任何东西比我的女孩们更重要，我们很快又会在一起的，生活一定会更美好！

我寄来的两百美元可以保证你们能吃上鸡肉馅饼，直到我回来。振作起来，别忘了用牙线清洁牙齿！

爱你们的妈妈

我也加入莉丝坐进蝴蝶椅里,她握住我的手。

"她会回来吗?"我问。

"当然会。"莉丝说。

"可是什么时候?她没有说什么时候。"

"我想她自己也不知道。"

两百美元可以买很多鸡肉馅饼。我们从香脂街上的史宾纳利杂货店里购买,那个地方有空调,地板是木质的,后面有一个很大的冷藏箱,鸡肉馅饼就储存在里面。史宾纳利先生是一个黑眼睛、有着毛茸茸前臂的男人。他经常跟妈妈调情。有时,他会低价销售鸡肉馅饼。这时候,我们可以用一美元买到八个鸡肉馅饼,然后我们囤积起来。

晚上,我们坐在铺了红色福米卡塑料贴面的餐桌旁吃鸡肉馅饼,但我们都不太想玩"嚼和吐"或谎言游戏,所以吃完后,我们就洗碗,然后做作业,之后就睡觉了。以前妈妈不在家时,我们也是自己照顾自己,但想到她这次可能很多天都不会回来,不知怎么,我们觉得应该更认真地承担起我们的职责。妈妈在家时,她偶尔会让我们睡得晚些,但她不在身边时,我们总是按时睡觉。妈妈不在,没法写假条,所以我们从来没有上学迟到过,也没有逃过一天学——她偶尔会让我们逃逃学。我们从来没把脏盘子丢在水槽里不洗，我们用牙线清洁牙齿。

　　之前莉丝一直在做一些临时保姆的工作，妈妈走了一个星期后，她决定再多做一份工，我也找了一份送报的工作，《格瑞塔》上登的都是些有用的故事，比如，把一些卫生球放进旧裤袜里，然后挂在发动机罩下面，就可以防止松鼠吃掉汽车引擎里的金属线。钱暂时不是问题了，以前账单堆积如山，妈妈总是很迟才去缴纳。我们也知道不能一直这样下去，每天放学后回家，拐进我们那条街区时，我都要抬头朝车道张望一下，希望能看到那辆褐色的道奇车停在平房旁。

　　妈妈走后差不多两个星期后的一天，我放学后去史宾纳利杂货店采购可供囤积的鸡肉馅饼。我原先以为自己对鸡肉馅饼永远也吃不腻，但我现在不得不承认有点烦它了，尤其是早餐还要吃。有几次，我们买了牛肉馅饼，但它们很少低价销售，而且莉丝说得用放大镜才能看到里面的肉。

　　史宾纳利先生柜台后面有一个烤箱，他在那儿做汉堡和热狗，做好后用锡纸包好，放在保温灯下，保温灯会把那些小圆面包蒸得十分松软。闻起来当然很香，但它们不在我们的预算范围内。我往袋子里装进了更多的鸡肉馅饼。

　　"有些日子没看到你妈妈了，蚕豆小姐。"史宾纳利先生说，"她最近在忙什么？"

我僵住了,然后说:"她摔断了腿。"

"真遗憾。"他说,"来吧,拿个冰淇淋三明治。算我送的。"

那天晚上,我和莉丝坐在餐桌旁做作业,这时传来了敲门声。莉丝打开门,史宾纳利先生站在外面,手里拿着一个褐色纸袋,里面装着一条面包,露出了头。

"这是给你们妈妈的。"他说,"我来看看她怎么样了。"

"她不在家。"莉丝说,"她在洛杉矶。"

"蚕豆说她摔断了腿。"

莉丝和史宾纳利先生同时朝我看过来,我马上左顾右盼起来,躲避开他们的目光,我知道我那个样子就像偷了汉堡的猎狗,自知有罪。

"她在洛杉矶摔断了腿。"莉丝很自然地说道;她总能很快想出对策:"但没什么大碍。过几天一个朋友会送她回来。"

"那就好。"史宾纳利先生说,"那我回头再来看她。"他把手里的东西递给莉丝:"给,收下吧。"

"接下来我们该怎么做?"史宾纳利先生一走,我就问莉丝。

"我正在想。"莉丝说。

"史宾纳利先生会派怪人追在我们屁股后面吗?"

"有可能。"

"怪人"取自莉丝最喜欢的《爱丽丝镜中奇遇记》一书——不

切实际地行善的政府里一些好事者到处巡视，以确保孩子们都拥有他们认为应该拥有的那种家庭。去年在我们搬到失落湖的几个月前，在帕萨迪纳市，我告诉学校老师我们家的电被切断了，因为妈妈忘了交电费，结果校长就觉得妈妈在养育子女方面存在过失，于是一个"怪人"就跑来打探。妈妈大发雷霆。她说校长是多管闲事的、不切实际的慈善家。她警告我们以后绝对不许在学校里谈论我们的家庭生活。

莉丝说，如果那帮怪人真的跑来，他们可能会把我们俩安置在寄养家庭或者少年犯中心。他们可能会把我们分开。他们可能会把妈妈投进监狱，因为她抛弃自己的孩子。妈妈没有抛弃我们，她只不过想喘口气而已。如果那帮怪人不来骚扰我们，我们自己能处理好现在的局面。他们的瞎干预反而会坏事儿。

"不过我有个主意。"莉丝说，"如果非得这么做，我们可以去弗吉尼亚。"

妈妈来自弗吉尼亚一个名叫百乐的小镇，她父亲有一家纺织厂，生产毛巾、袜子、内衣一类的东西。妈妈的兄弟，我们的舅舅汀斯利，几年前把厂子给卖了，但他和妻子玛莎还住在百乐镇一处名叫梅菲尔德的古老大屋里。妈妈就是在这栋房子里长大的，十二年前她离开了那里，当时她二十三岁，把我搂在车顶，漏夜就开车走了。自打离开后，妈妈就跟她的家人没什么联系了，甚至她父母去世时也不曾回去过，但我们知道汀斯利舅舅还住在梅菲尔德，因为时不时的妈妈就会抱怨说仅仅因为他更年长又是男人就继承了这栋房子实在是不公平。如果事情发生在舅舅汀斯利身上，那栋房子就会是她的，那样的话，她就要立刻卖掉它，因为那个地方除了痛苦的回忆，别无其他。

离开时我只有几个月大，所以既记不得梅菲尔德这个地方，也对妈妈的家人没有印象。莉丝倒是有点印象，她觉得那里压根就没有什么不好的地方。事实上，还有点迷人呢。她记得那栋白屋在小山上，被高大的树和艳丽的花朵环绕着。她记得玛莎舅母和汀斯利舅舅在一个有着法式落地双扇玻璃门的房间里的一架大钢琴上弹二重奏，门开着，外面阳光灿烂。汀斯利舅舅个儿高，爱笑，他会抓住玛莎舅母的手转圈，还会把她整个人儿举起来从树上摘桃。

"我们怎么去那儿？"我问。

"坐汽车去。"莉丝给车站打过电话询问去弗吉尼亚的车费。她说不便宜，但我们的钱够买两张横穿全国的车票。"如果事情真到了那个地步的话。"她补充说。

第二天，我放学回家刚拐进街区，就看到一辆警车停在屋子外面。一个身穿蓝色制服的警察正把两手搁在眼睛上方，挡住光，透过窗户往里窥视。那个史宾纳利先生终究还是去告密了。我努力想象莉丝碰到这种情形会怎么做，然后我突然拍了拍脑袋，让那些碰巧在观望的人觉得我落了什么东西。"我把作业落在课桌上了。"得赶紧采取措施。我转身回到街上。

我在中学门口等莉丝,她从楼梯上下来。"你眼睛瞪那么大干吗?"她问。

"警察。"我低声说。

莉丝把我从鱼贯而过的其他学生身旁拉开,我把警察透过窗户窥视的情况告诉了她。

莉丝一直把我们的钱藏在她的鞋子的里衬下,所以我们直接去了汽车站。莉丝说,这学期快结束了,不会有老师惦记我们的。毕竟,我们是在学年中途才出现的。而且,现在是采摘草莓、杏子、桃子的好季节,老师们习惯了外来家庭在收获的季节来了又去。

莉丝进去买票,我在汽车站外面,研究屋顶上那辆奔跑着的"灰狗"的银色标志。时值六月初,街上很安静,天空是加利福尼亚特有的蓝。几分钟后,莉丝出来了。之前我们一直担心售票员看我们是小孩买票就提很多问题,结果莉丝说那个女人眼睛都没眨一下就把票从柜台内滑了出来。至少还有些大人知道如何管好自己的事儿。

车子是第二天早上六点四十五分的。"我们不给汀斯利舅舅打个电话吗?"我问。

"我觉得直接过去更好。"莉丝说,"那样,他就不能说'不'了。"

那天晚上,吃完鸡肉馅饼之后,我和莉丝把手提箱取出来。那对箱子从妈妈所谓的"正式进入社交界"的日子开始一直留到现在,配套的,材料是粗花呢似的鞣料,深棕色的鳄鱼皮镶边和扣带,黄铜铰链和锁,上面刻有妈妈姓氏首字母的花押字:CAH,即夏洛特·安妮·霍利德①。

"我们要带什么?"我问。

"衣服,别的都不要。"

"菲多呢?"

"把它留下。"莉丝说,"另外留些食物和水。等妈妈回来,它会没事儿。"

"要是妈妈不回来呢?"

"她会回来的。她并没有抛弃我们。"

"我也不想抛弃菲多。"

听我这么一说,莉丝还能说什么呢?她叹了口气,摇了摇头。菲多也去弗吉尼亚。

整理行李时,我想起了以前那些匆忙打包走人的日子。每当妈妈厌倦了事情发展的方式,她就会这么做。"日子千篇一律。"她会这样说,或者"这个小镇到处是失败者,"或者"这儿的空气很浑浊,"或者"我们已经走进了死胡同。"有时,是跟邻居争吵,有时

---

① 即 Charlotte Anne Holladay。

是男朋友跑了，有时是搬去的地方不合她的期待，有时似乎仅仅就是厌倦了她自己的生活。无论是哪种情况，她都会宣布是时候全新开始了。

过去那些年，我们曾经搬到过威尼斯海滩、陶斯、圣何塞、图森，还有大多数人都没听说过的更小的地方，比如，比斯比和失落湖。搬到帕萨迪纳之前，我们还去过西雅图，妈妈觉得住在船上，听着水声，可以让她的创意思绪流动起来。一到那儿，我们才发现船屋比想象得要贵，最后只好搬进一处发霉的公寓里。妈妈时常抱怨下雨。三个月后，我们就离开了。

以前，我和莉丝有的是时间，却从来没有离开妈妈出门远行过。这似乎没什么大不了的，可我一直在想，到了弗吉尼亚，我们还能期待什么的。对那个地方，妈妈从来没有说过什么好话。她喋喋不休地谈论那些思想落后、开着用胶带绑着挡泥板的车的线头工，以及住在老房子里、喝着薄荷朱利酒、抛售祖先画像以支付税款和喂养猎狐犬的寄生虫，说他们一直缅怀过去有色人种被区别对待的日子。那可是很久以前的事了，那会儿妈妈还小呢。后来世事发生了巨大的变化，我想百乐小镇应该也改变不少吧。

关灯后，我和莉丝挨着躺下了。从记事起，我就和莉丝睡一张床。在我还是婴儿时，我们离开了弗吉尼亚，之后，妈妈发现只要把我放在莉丝身旁，我就不哭了。后来，有时住在只有两张床的汽车旅馆或者只有一张下拉活动床的带家具公寓时，我们只求能有相当长度容我们伸展。在失落湖，我们的床小得我们俩必须朝同一个方向睡，后面那个人的胳膊得搂住前面那个人，否则就会相互把对方身上的被子扯掉。如果我的胳膊麻了，我就会轻轻地推推莉丝，哪怕她睡着了，然后，我们会同时翻身。大多数小孩有自己的床，有些人可能还会觉得跟自己的姐姐睡在一起是很奇怪的事——更别说抱到一块——但我很喜欢。这样，在夜晚，你就不会感到孤独，一直有人可以说话。在黑暗中躺成汤匙的形状，说话声就像耳语一般，这时候的聊天很惬意，很投机。

"你觉得我们会喜欢弗吉尼亚吗？"我问。

"你会喜欢的，蚕豆。"她说。

"妈妈讨厌这个地方。"

"我们住过的每一个地方，她都能发现问题。"

像平时一样，我很快就入睡了，等我睁开眼睛时，尽管还是漆黑一片，但我完全醒了。当忙碌的一天即将展开，不容你浪费一星半点的时间，你不得不从床上跳起来，准备大干一场时，就会是这个状态。

莉丝也醒了。她打开灯，在餐桌旁坐下。"我们得给妈妈留封信。"她说。

我在加热鸡肉馅饼，倒出最后一点橙汁时，莉丝开始写信。她说必须以一种除了妈妈别人无法理解的方式写这封信。

这封信写得非常"莉丝"。

亲爱的红心皇后,

　　由于附近突然出现"怪人",谨慎起见,我们决定暂时离开,去拜访疯帽匠汀斯利和榛睡鼠玛莎。我们会在镜子另一端等你,就在你那古老的幽灵出没的未开化之地,蚕豆在那儿出世,细脚无聊龙是敏西。

爱你的,

阿呆和阿傻

　　我们把信放在了餐桌上,用妈妈在学习制陶时做的鸢尾蓝釉杯压住。

第四章

汽车进站时，下来了两个人，于是我们趁机挪到他们前面靠右的座位上，就在司机后面，右边的视野比左边好。莉丝让我靠窗坐，我手里拿着一只特百惠碗——碗底有点水——抱着菲多，它坐在一只倒过来的碟子上，上面钻了个孔，好让它呼吸。

车子驶离时，我朝窗外望去，希望这会儿妈妈回来了，跑到街上来找我们——在我们即将奔赴未知的去处时，可街上空无一人。

车上很多人，而每个人都是带着一定的目的开始这趟旅行，于是我们玩起了"他们的故事?"——莉丝想出来的又一个游戏——猜这些旅客的目的地、去那儿的原因，他们的心情是高兴还是害怕，他们正在奔往美妙和令人兴奋的东西呢，还是正在逃离危险或逃避失败，他们是去拜访呢，还是永远离开家乡。有些人很容易就能猜到。那个头枕在行李袋上打盹的年轻军人是回家探亲，看望牧场上的家人和女朋友。一个纤弱的女人带着小女儿，眼睛里满含紧张的神情，一只手用夹板固定着。莉丝说她在躲避一个男人，此人对她拳头相向。一个瘦瘦的、穿着格子夹克衣的男人，坐在我们的对面，长着一头稀疏的头发和一对招风耳。我看着他，试图猜他是个心不在焉的数学天才呢，还是仅仅是个傻瓜，结果被他发现了，还冲我眨了眨眼。

我立即把目光移向别处——被人发现自己盯着对方看是一件非常尴尬的事情——过了一小会儿，当我重新瞥向他时，他竟然还在盯着我看。他又眨了眨眼。我心里咯噔了一下，果然，莉丝起身去卫生间时，他走过来，在我身边坐下，胳膊搭在我座椅的背后。他的手指按在装着菲多的特百惠碗上。

"里面是什么？"他问。

"我的宠物龟。"

"你为它买票了吗？"他目不转睛地看着我，然后又眨了眨眼；"逗你的。"他说，"你们女孩家要远行？"

"弗吉尼亚。"我说。

"就你们俩？"

"我们征得了母亲的同意。"紧接着我补充道，"还有父亲。"

"明白。"他说，"你们是姐妹。"他的身体朝我倾过来："知道吗，你有一双非常漂亮的眼睛。"

"谢谢。"我说，眼睛往下看。突然，我觉得非常不舒服。

正在这时，莉丝从卫生间回来了。"先生，你坐的是我的座位。"

"我只是想认识一下你们俩姐妹，小姐。"他从座位上站了起来，"她说你们这大老远的是要去弗吉尼亚？对于两个年轻漂亮、独自上路的小姑娘来说,这可是一趟长长的旅程。"

"不关你的事。"莉丝告诉他。她坐了下来。"整个一变态。"她冲我低语道,"我真不敢相信你竟然告诉那个白痴我们要去哪儿。只有你这样的蚕豆脑袋才会做这样的事。"

那个变态坐回自己的座位后,还一直盯着我们看,于是莉丝决定挪个位置。仅有的两个座位很靠后,挨着卫生间,能闻到里面飘出来的化学品和令人恶心的气味。每当那些人从我们身边挤过去用卫生间时,你能听到他们放水、擤鼻子、清嗓子的声音,更别提大小便了。

那个变态来来回回跑了几趟卫生间,但我们都直视前方,假装没看见他。

汽车到了新奥尔良就不走了。因为坐在后面,所以我们是最后下车的。当我们去拿行李时,发现那个变态已经走了。下一趟车得在两小时后,于是我们把行李和菲多留在储物柜,去散步了。我和莉丝都患有她所谓的偏执妄想症。

那天很热,有薄雾,空气厚重潮湿得让人几乎无法呼吸。车站外,一个留着长发、身穿印有美国国旗的背心的男子正在用萨克斯吹奏《日升之屋》。到处都是人,身上不是奇装异服——穿着小燕尾服,却没有衬衣,头戴插着羽毛的大礼帽——就是几乎没穿什么东西,他们全都在吃吃喝喝,有说有笑,随着音乐跳舞——每个角落都有街头艺人在演奏。

"你真能从中感受到伏都教的气息。"莉丝说。

一辆有轨电车沿街开过来，我们跳上去，打算对这个城市来一次快速观光。车上的人不过一半，我们挑了中间的座位坐下。眼看车门就要关上时，一个男人猛地把一只手挡在了中间，车门又打开了。是那个变态。他在我们后面坐了下来。

莉丝抓住我的手，我们转移到前面的座位上。那个变态跟着也挪了座位。我们换到后面时，他还是跟着。其他乘客都看着我们，但没有人说话。人们知道事情不对劲，然而没有哪条法律规定不准一个男人换位置。

到了下一站，我和莉丝手牵着手下了车。那个变态也下车了。莉丝带着我钻进人行道上的人群中，那个变态尾随其后。莉丝拉着我快速地东绕西钻，最后我们又跳回了有轨电车上。这次，那个变态来不及把手伸进来，门就关上了。其他乘客开始起哄，欢呼起来，他们指指点点、拍手称快，大喊"灭了他"、"踢他的屁股"。车开动时，我们透过窗户看那个变态，他正跺脚呢。

等到我们安全坐在朝东驶去的汽车里——那个变态没上来——我们美滋滋地让此番遭遇扭转了方向：我们不但骗了那个变态，还当着全车人的面羞辱了他一顿。这让我觉得好像我们能应付这个世界可能丢给我们的任何考验。天渐渐暗了下来，我头靠在莉丝的肩膀上睡着了，过了一小会儿，我醒来，听到她非常安静的哭泣声。

到了亚特兰大，我们换车前往里士满，然后在那儿改骑马到百乐镇。因为是第一次去东边,所以我们离开高速公路,改走更小的乡村小道。弗吉尼亚的乡下地势盘旋起伏,我们时而沿着弯道左拐右转,时而上山下坡。到处都是绿色。绿油油的麦田。黛色的青山。金绿色的干草地四周是一排排深绿色的树篱和浅绿色的树。

向西行进了三小时后,我们终于在傍晚时分抵达百乐镇。那是一个很小的、低洼地小镇,流淌着一条蜿蜒的小河,小河后面高山林立,层峦叠嶂。河上的桥在车轮下发出叮叮当当的声音。小镇很安静,大量停车位都空着,街道两旁的两层砖砌建筑的颜色已经有所消退。汽车在一个黑色金属屋顶的砖砌车站停了下来。除了窝棚,我从未在其他建筑上见过金属屋顶。

乘客中只有我们在这里下车。汽车驶离时,一个中年妇女从车站大门走出。她穿着一件印了一只斗牛犬的红色T恤衫,手里拿着一串钥匙。"你们在等人?"她问。

"也不是。"莉丝说,"你知道汀斯利·霍利德家怎么走吗?"

那女人突然来了兴趣,仔细地看着莉丝。"梅菲尔德?"她问,"霍利德家?你们认识汀斯利·霍利德?"

"他是我们的舅舅。"我说。

莉丝瞟了我一眼,示意让她来说。

"唔,我很吃惊。你们是夏洛特的女儿吧?"

"是的。"莉丝说。

"你们的妈妈呢?"

"我们是自己来的。"莉丝说。

那个女人锁上车站大门。"这儿离梅菲尔德还真有点远。"她说,"我载你们一程。"

那个女人显然不是变态,于是我们把行李箱放进她那辆破旧的小卡车后面,然后爬进前座。"夏洛特·霍利德,"那女人说,"在百乐高中时她比我高一年级。"

我们出了小镇,来到乡下。那个女人不停地拐弯抹角打听妈妈的情况,莉丝总是含糊其辞,于是那个女人就开始说起梅菲尔德了,二十年前那里如何经常举办各种活动——牡蛎烧烤、圣诞晚会、沙龙舞、月下骑马、内战服装舞会。"那时候,所有人都渴望受到邀请。"她说,"成为夏洛特·霍利德是所有我们这些女孩的梦想,哪怕要我们一条胳膊,也愿意。她拥有一切。"那个女人轻轻地点了点头。

距离小镇几英里外,我们来到一幢白色小教堂前,四周是高大的树木和一些老房子——有些很大,很漂亮;有些则相当破败。我们经过教堂,继续往前,来到一堵低矮的石头墙前,一组铁门用厚石柱支撑着,其中一根石柱上刻着"梅菲尔德"的字样。

那个女人停下车。"夏洛特·霍利德。"她又说了一遍,"见到你们的妈妈,就说塔米·埃尔伯特向她问好。"

大门锁着,我们从矮石墙上爬了过去,然后沿着碎石铺成的车道上了一个坡,绕过一片密密的树林。那栋房子就在坡顶,三层楼,白色,深绿色的金属屋顶,到处是砖砌的烟囱,得有二十来个。六根粗粗的白柱子支撑着长长的前廊的屋顶。侧边有一扇厢房,有一排法式落地玻璃门。

"哦,我的天啊,"我对莉丝说,"这就是我一直魂牵梦萦的那所房子。"

自记事以来,我每个月至少一次会梦到山顶上的一栋白色大房子。在梦里,我和莉丝打开前门,跑着穿过门厅,一个接一个地探索那些有着漂亮的油画、精致的家具、流动的窗帘的房间。壁炉、高高的窗台,有很多玻璃窗格的法式大门,长长的太阳光束透过玻璃照射进来,花园里的美景,树木,小山。我一直以为那只是一个梦,没想到真的有这栋房子,它就在这里。

我们走近了些,发现这栋房子已经相当破败了。油漆剥落,深绿色的屋顶有褐色的锈渍,多刺的藤蔓爬上墙壁。在一个角落里,一处水槽已经中断,外板已经变黑,腐烂。我们爬上长廊宽宽的台阶,一只画眉从破窗飞了出来。

莉丝叩了一下黄铜门环,过了几秒,又叩了一下。起先我以为没人在家,然而透过门两侧的玻璃窗格,我看到里面有影子在动。我们听到插销的刮擦声和滑动声,接着,门开了。一个男人出现了,胸前端着一支猎枪。一头凌乱的泛灰色头发,淡褐色的眼睛充满血丝,身上只穿了一件浴袍和一双菱形花袜。

"滚出我的地盘。"他说。

"汀斯利舅舅?"莉丝说。

"你是谁?"

"是我。莉丝。"

他盯着她。

"你的外甥女。"

"我是蚕豆。或者叫我琼。"

"我们是夏洛特的女儿。"莉丝说。

"夏洛特的女儿?"他盯着我们看,"耶稣基督啊。你们怎么跑这儿来了?"

"我们是来拜访您的。"

"夏洛特在哪儿?"

"我们也不清楚。"莉丝说。她深吸了一口气,开始解释妈妈如何需要时间静处,我们如何自己照顾自己,直到爱管闲事的警察上门:"于是我们决定来看你。"

"你们大老远从加利福尼亚跑来看我?"

"是的。"莉丝说。

"然后我就该请你们进门?"

"只是来拜访一下。"我说。

"你们不能突然就出现在这儿。"他并不期待客人上门,他继续说。管家有一阵子没有来了。他正在做几个重要的项目,满屋子都是论文和研究资料,不能被打扰。"我不能随随便便就留你们在这儿。"他说。

"我们并不介意凌乱。"我说,"我们习惯了凌乱。"我试图越过汀斯利舅舅窥视屋内,但他堵住了门口。

"玛莎舅妈在哪儿?"莉丝问。

汀斯利舅舅不理睬这个问题。"问题不是屋里凌乱。"他对我说,"这里井井有条,问题在于我不能被打扰。"

"唔,那我们该怎么办?"莉丝问。

汀斯利舅舅看了我们俩好一会儿,然后把猎枪倚靠在墙上:"你们可以睡在谷仓里。"

汀斯利舅舅把我们领向一条砖砌小道,头上是不断掉落白色树皮的高耸树木。当时已是黄昏时分。萤火虫就像小小的光点在高秆草丛里向上浮动。

"夏洛特需要给自己一点时间,于是便离开了?"

"或多或少吧。"莉丝说。

"她会回来的。"我说,"她给我们写信了。"

"那么这是夏洛特的又一次精神崩溃?"汀斯利舅舅嫌恶地摇了摇头。"夏洛特。"他轻声低语。他的妹妹只会给人带来麻烦,他继续说道。小女孩的时候,她就被宠坏了,像一位娇生惯养的小公主,长大以后,她想要得到想要的一切。而且,无论你为她做什么，她都觉得你做得不够。你给她钱，她觉得应该给更多。给她安排一份工作，她不屑于做。然后，当她的生活陷入困境时，她便抱怨爸妈所做的一切都是错的。

汀斯利舅舅说起妈妈来语气相当严厉，我很想替她辩护，但这会儿和他争论似乎时机不对。莉丝好像也是这样想的，因为她也没有说什么。

那排树的尽头就是谷仓，很大，白色的油漆已经脱落，有一个绿色的金属屋顶，就像那栋房子。谷仓砖铺的地板上刻着之字形的图案，里面有一辆镀金装饰的马车，马车旁边则是一辆真正木制双边的旅行车。

汀斯利舅舅领着我们穿过一个房间——里面的马鞍和缰绳上都沾满了灰尘，墙上挂着全都褪色了的马会绶带——然后上了一段狭窄的楼梯。楼梯顶部有一间很整洁的小房间，这让我感到很意外，里面有一张床、一张桌子、一个小厨房和一个烧木料的炉子。

"这里过去是马夫的宿舍。"汀斯利舅舅说，"很久以前啦。"

"玛莎舅妈呢？"莉丝又问。

"夏洛特没有告诉你们？"汀斯利舅舅走到窗户前，凝视着渐渐消逝的暮色，"玛莎已经去世了。"他说，"六年前，也是像这样的九月。有个卡车司机闯红灯。"

"玛莎舅妈？"莉丝说，"我真不敢相信她已经离开了。"

汀斯利舅舅转身面对我们："你不会记得她。你那会儿还小。"

"我清楚地记得。"莉丝说。她告诉汀斯利舅舅她记得和玛莎舅妈一起烤过面包。当时玛莎舅妈穿着一条红色的围裙，莉丝还能闻到面包的香味。她还记得玛莎舅妈戴着白色皮革手套一边修剪玫瑰，一边哼着曲儿。她也记得玛莎舅妈和汀斯利舅舅一起弹大钢琴的情景，法式玻璃门开着，外面阳光灿烂："我经常想起她。"

汀斯利舅舅点点头。"我也是。"他说。然后，他停住了，好像还想说点别的，最后却只是摇了摇头，走了出去，关上门时他说："在这儿你们会没事儿的。"

我们听着他一步步走下楼梯。我注意到水槽旁边有一个小冰箱，那是在我意识到自己饿了的时候。我打开冰箱，发现里面是空的，而且拔了电源插头。我们觉得这时候去麻烦汀斯利舅舅要吃的可能不太好。我只好准备空着肚子上床了，但几分钟后，我们再次听到上楼来的脚步声。汀斯利舅舅出现在门口，手里拿着一个银托盘，上面有一个小锅、两个碗、一壶水，还有两个玻璃酒杯。

"清炖 venison。"他说。他把托盘上的东西放在桌上。"这儿很黑。你们需要点光。"随即他拉了墙上的一个开关，头顶的一盏灯亮了。"你们俩今晚好好睡一觉吧。"他说完再次把门关上了。

莉丝把两个碗盛满,我们在桌旁坐下。我咬了一口炖肉。

"venison 是什么?"我问。

"鹿。"

"哦。"

我又咬了一口。

"相当不错。"我说。

第五章

第二天清晨,鸟儿早早就把我吵醒了。我从来没有听过鸟儿这么吵。我走到窗边,发现到处都是它们——树上、地上,它们在谷仓里飞进飞出,好像那是它们的地盘似的。那些各样的啁啾、啾啾、呜啭声,构成了令人难以置信的混乱。

我和莉丝穿好衣服,走下楼,来到那栋房子。我们敲前门,没有人应答,于是我们绕到后面。透过窗户,我们看到汀斯利舅舅正在厨房里走来走去。莉丝敲了敲窗玻璃,汀斯利舅舅打开了门,但像前一晚那样,他堵住门口。他刮过脸,洗过的头发梳理过,发型分界线很直,这次他没有穿睡袍,而是穿着一条灰色的裤子,一件淡蓝色的衬衫,口袋上绣着 TMH 的花押字。

"你们睡得好吗?"他问。

"很好。"莉丝说。

"鸟儿太吵了。"我说。

"我不用杀虫剂,所以鸟儿喜欢这儿。"汀斯利舅舅说。

"妈妈打过电话来吗?"莉丝问。

"恐怕没有。"

"她有这里的电话号码,对吗?"我问。

"装了电话以后,这个号码就一直没变过——二—四—六—八。"他说,"这是百乐镇分发的第一个电话号码,我们只能选它。对了,说到选择,你们觉得水煮荷包蛋怎么样?"

"太硬!"我说。

"太软。"莉丝说。

"去那边坐下吧。"他指着某个生锈了的铁铸草地设施。

几分钟后,他出来了,手里托着那个银托盘,上面有一堆面包,三个碟子——中央各有一个水煮荷包蛋。碟子四周嵌有金色的花饰,不过边沿有缺口。我拎起我那个荷包蛋的一角,快速抽了一片面包,垫在下面,然后用刀叉戳住蛋黄,切掉蛋白部分,再把全部东西捣碎。

"蚕豆就爱把食物捣鼓得支离破碎。"莉丝告诉汀斯利舅舅,"好恶心。"

"拌到一起味道更好。"我说,"不过,这不是唯一的原因。首先,你不需要咬很多口,可以节约时间。其次,你不需要费劲儿咬,捣碎的过程就相当于提前咀嚼。最后,食物到了你的胃里终究要混到一起,显然,就该这样。"

汀斯利舅舅轻轻地笑了一下,然后转向莉丝:"她一直都这样吗?"

"哦,是啊。"莉丝说,"她就是个小笨蛋。"

我们主动表示要洗碗，但汀斯利舅舅坚持说如果没有小屁孩在旁边碍事的话，他自己洗会更轻松些。他让我们出去，去做我们这个年龄的女孩爱做的事情。

我和莉丝便在屋前随意溜达。屋前有两棵大树，深色的树叶闪闪发亮，绽放着大白花。再过去，在草坪远处的另一端，是一排巨大的绿色灌木丛，中间有一个缺口。我们走过那道缺口，发现自己身处一个被深绿色灌木包围着的地方。一些坚韧的鸢尾花冲破杂草丛生的破旧花床中的杂草，脱颖而出。中间有一个周边用砖砌的圆形池塘。水面上全是落叶，但在水下，我看到一道亮黄色闪过。

"鱼！"我大叫，"金鱼！这池塘里有金鱼！"

我们跪下去，仔细观察那在一簇簇落叶下的阴影里钻进钻出的橘黄色的鱼。我心里有了主意：这个地方绝对是菲多游泳的好地方。那只可怜的乌龟一直待在它的盒子里，一定闷坏了。

我跑回谷仓，但当我打开特百惠时，看到菲多漂在水面上。早先我喂它时，它看上去还好好的。我把它放在桌面上，用手指推着它走，试图让它重新动弹起来，尽管我知道希望渺茫。菲多死了，都是我的错。我原本以为自己能保护它，照顾它，可那趟汽车之旅对它这么一个可怜的小东西来说，实在是吃不消。如果我把它留在失落湖，它一定会没事儿的。

我把菲多放回特百惠碟子里，然后带到池塘边。莉丝用手臂搂着我，说我们得问问汀斯利舅舅把它埋在哪儿。

我们敲门时，汀斯利舅舅还在厨房里做事。

"我以为你们俩出去玩了呢。"他说。

"菲多死了。"我说。

汀斯利舅舅瞥了一眼莉丝。

"蚕豆的乌龟。"她说。

"我们想知道把它埋在哪儿。"我说。

汀斯利舅舅走出屋子，房门在他身后关上。我把那只特百惠碟子递给他，他低头看着菲多。"家里所有的宠物都埋在家族墓地里。"他说。他领着我们回到谷仓，找了一把长木柄的铁铲，然后我们朝谷仓后面的青山走去。

"对一只乌龟来说，'菲多'这个名字很特别。"我们往前走时，他说。

"其实蚕豆很想养狗。"莉丝把当时的情况解释了一下，妈妈说一开始小孩想养宠物，但最后通常都是母亲在照顾它们，她说她没有兴趣跟在一条狗的后面，边走边给它清理脏物。所以，她给我买了一只乌龟。

"'菲多'的意思是'我很忠诚'。"我说，"菲多是一只非常忠诚的乌龟。"

"我想是的。"汀斯利舅舅说。

经过谷仓后，是一群荒废的木制建筑。汀斯利舅舅指着告诉我们哪个是熏制室、挤奶棚、产驹厩、鸡舍、冰室、冷藏间，他解释说梅菲尔德曾经是一个真正的农场，不过大多数工作都是手工进行的。他还有两百零五英亩地，包括一片森林和墓地所在的一大片干草场。这些天，路那头的一个叫曼西的农民，收割了这片草场，作为回报，他送给汀斯利舅舅一些鸡蛋和蔬菜。

我们经过了一个果园，汀斯利舅舅告诉我们哪些是苹果树、桃树、樱桃树。穿过果园，来到一个很开阔的草场。草场最高处，一大片树阴遮住了家族墓地。墓地四周是锈迹斑斑的铁栅栏。墓地杂草丛生，一些经历了日晒雨淋的墓石坍塌了。汀斯利舅舅带着我们来到一个精心照料过的墓前，墓碑是新的。他说这是玛莎的墓——旁边还有一个空穴，是为他留的。

他解释说，宠物都埋在墓地的周边，靠近他们的主人。"咱们把菲多葬在玛莎旁边吧，"汀斯利舅舅说，"我想她会喜欢它的。"

汀斯利舅舅挖了一个小坑，我把菲多放进去，用特百惠的碟子作它的棺木。我找到一块很好的白色石英石作墓碑。汀斯利舅舅念了一篇简短的悼词，他说，菲多是一只勇敢的、非常忠诚的乌龟，为了保护两位女主人，它甘冒风险、长途跋涉，从加利福尼亚来到这里。把她们安全地护送到弗吉尼亚后，它的任务就完成了，于是它轻松地离开了她们，去了乌龟的天堂——大海中央的那个神秘岛屿。

这篇悼词让我对菲多的去世感觉好受多了，同时也让我对汀斯利舅舅增加了许多好感。下山回来的路上,我问起我们在池塘里发现的金鱼。"那是锦鲤。"汀斯利舅舅说,"那是我母亲的花园。过去是弗吉尼亚州最美的私人花园之一。因为它妈妈还得过不少奖。园艺俱乐部的女人都嫉妒她。"

我们转回谷仓,那栋白色的大房子进入视野。我开始告诉汀斯利舅舅关于那栋房子的梦,还有我们刚到梅菲尔德时,我又是如何意识到眼前的房子就是梦里的那栋。

汀斯利舅舅沉思起来。他把铁铲搁在谷仓前面一个旧水槽上。"我想你应该看看房子里面。"他说,"只是确认一下。"

我们跟着汀斯利舅舅踏上门厅处的大台阶。他深吸了一口气,打开了门。

前厅很大,很暗,有很多带玻璃门的木柜。一切都乱糟糟的。报纸、杂志、书本、桌子和地板上堆了很高的信件,旁边是一箱箱的石头和装满了泥土、沙子、液体的瓶子。

"看上去有点乱。"他说,"我还没完全整理好。"

"没那么糟。"莉丝说,"稍微整理一下就行。"

"我们可以帮忙。"我说。

"哦,不。一切正常。所有的东西都有它的归处。我知道该把它们归置到哪儿。"

汀斯利舅舅带我们看客厅、餐厅、舞厅。很多油画歪挂在墙上,有一些都从框里掉了出来。波斯地毯磨损得厉害,丝制窗帘也已经褪色、撕裂，彩色壁纸从墙上剥落。带法式玻璃落地门的舞厅里有一架大钢琴，用深绿色的天鹅绒布覆盖着。所有可利用的地方都堆满了东西——纸和记事本堆得比前厅还多，还有古老的双筒望远镜、摆钟、卷起的地图、成堆的碎裂了的瓷器、旧手枪、瓶子里的舰船模型、扬起前蹄的骏马雕塑、相框和各式小木盒，其中一个装满了硬币，一个装满了纽扣，还有一个装满了旧勋章。所有东西的表面都覆盖了一层厚厚的灰尘。

"这儿的东西真多啊。"我说。

"是的，但你看到的每一件东西都有价值，"汀斯利舅舅说，"如果你能鉴别的话。"

他领我们上了一处弯曲的楼梯，来到一条长廊。走到尽头，他在两扇相向的门前停住了。每扇门上都有一个鸟形的黄铜门环。"这是鸟房。"汀斯利舅舅告诉我们，"你们将住在这里，直到你们的妈妈来接你们。"

"我们不在谷仓睡了？"我问。

"不了，没有菲多在那儿保护你们了。"

汀斯利舅舅打开门。他说，我们各自有一个房间，都刷有带鸟的图案的墙纸——有像知更鸟、红雀那样普通的鸟，也有特别的鸟，如澳洲鹦鹉和火烈鸟。他解释说，这个鸟房是为他的双胞胎姨妈设计的，房子建好时，她们还是小女孩。她们很爱鸟儿，弄了一间维多利亚式的鸟舍，里面养了各种各样的雀科鸟类。

"妈妈的房间在哪儿?"我问。

"她从来没有提过?"他问,"整个鸟房都是她的。"他指着其中一间房说:"你出生后,她从医院里带你回来时,就把你放在那个角落的摇篮里。"

我看向那个摇篮。它很小,是白色的,用柳条做成,我不知道为什么,但这个摇篮让我觉得很安全。

第六章

第二天早上,我们一边吃着水煮荷包蛋,一边劝说汀斯利舅舅同意我们帮他稍微打扫一下那栋房子。但他坚持说那栋房子里的东西没有一件是要扔或者需要移动的。他说,所有东西不是家传的珍品,就是他的某个收藏品的一部分,或者是他的地质研究所需要的材料。

一个上午我们跟着汀斯利舅舅在这栋房子里转来转去,听他解释所有那些东西对他的意义所在。他会拿起一样东西,比如一个象牙柄的开信刀或者一顶三角帽,向我们滔滔不绝地解释它的来源,曾经属于谁,它有什么非凡的意义。我开始意识到这里的一切都是按唯有他能理解的方式安置的。

"这个地方就像一个博物馆。"我说。

"你就是那位馆长。"莉丝对汀斯利舅舅说。

"说得好。"他回答道,"不过,自我最后一趟旅行之后,这儿一直是一个很棒的消磨时光的地方。"说这话时我们正站在舞厅里。汀斯利舅舅环顾四周:"我承认这个地方有点乱。这是玛莎喜欢用的词。我一直很喜欢收集东西,不过,她在时,会帮我控制这种冲动。"

汀斯利舅舅最后同意我们扔掉一些旧报纸和旧杂志，把一箱箱的矿物样本、一卷卷线轴和南联邦纸币搬到阁楼或者地下室。我们清洗窗户，给空间通风，擦洗地板和吧台，用一台二十世纪五十年代的胡佛牌旧吸尘器打扫地毯和帷幔，它让我联想到一艘小宇宙飞船。

到了周末，这栋房子看上去好多了。当然，它依然不符合大多数人对整洁的定义，你得接受这样的事实，即你所生活的这栋房子不是普通的房子，它更像是一个旧货商店，塞满了各种迷人的东西——如果你有鉴别能力的话。

炖鹿肉和鸡蛋是汀斯利舅舅日常膳食的主要食物。他解释说，他没有为了奖杯射杀大公鹿，但如果他在猎鹿季节捕获了两三只，把肉加工后，包好，储存在地下室的冰库里的话，他足以靠它度过一整年。所以，大多数晚上，我们吃的都是炖鹿肉，里面会加些胡萝卜、洋葱、番茄、土豆、大麦之类的东西。相比肉馅饼里的鸡肉，鹿肉难嚼多了，有时候，你真的要辛苦一番你的下巴才能把它咽下去，不过，它也更香、更美味。

亏得有那位八十七岁高龄的邻居曼西先生收割那片草场，汀斯利舅舅不用买鸡蛋和蔬菜了，他还会用从饲料库得来的燕麦片做滚烫的麦片粥。但他觉得发育中的女孩还需要牛奶和奶酪，加上我们缺乏盐这样的东西，于是，在我们第一个周末，汀斯利舅舅宣布该去杂货铺采购一番啦。我们爬上那辆有木板的旅行车——汀斯利舅舅叫它"伍迪"①。自我们到达之后，我们还没有离开过梅菲尔德呢，我很想看看这片地区。

我们开车经过那个白色的教堂和那片老房子，然后沿着弯曲的道路，穿过一块农田——一行行的玉米，放牧的牛群——直奔百乐镇。当我们经过一个用大栅栏围起来的地儿时，我透过车窗突然看见两只像鸟儿的动物。"莉丝！"我大喊，"快看，两只奇怪的鸟儿！"

它们让我想到了小鸡，不过，它们的个头有小马驹那么大，脖子和腿都很长，羽毛是暗褐色的。它们的头在它们小心地迈着大步时上下跳动。

"它们究竟是什么东西？"我问。

汀斯利舅舅咯咯地笑了："是斯克鲁格斯的鸸鹋。"

"像鸵鸟，对吗？"莉丝说。

"差不多。"

"它们是宠物吗？"我问。

"应该不是。斯克鲁格斯原本想靠它们赚点钱，但却不知道怎么赚。它们是世界上最丑的草地装饰品。"

---

① 原文为 Woody，"wood"意为"木材"。

"它们不丑。"莉丝说。

"回头再近距离看一下。"

我们到了百乐镇后,汀斯利舅舅领着我们四处看了看。两旁种着高大的绿树的大街就是霍利德大街。建筑物都很老式,用砖和石头砌成。有些有柱子和雕像,有一家还有带罗马数字的大圆钟。这些给你的感觉是百乐镇曾经是一个熙熙攘攘的繁荣小镇,尽管它看上去像五十年来未增添任何新的建筑物。很多店面都空着,玻璃上交叉贴着可用来遮蔽的胶带。一扇门上张贴了一告示,上面说"半小时后回来",好像是店家原本打算回来,却再也没有回来过。

也许是因为空气潮湿,百乐镇给我的印象是寂静呆滞。这里的人似乎行动缓慢,大多数人几乎待着不动,就那样坐在商店遮阳篷下的椅子上,一些穿着工装裤的男人在聊天、削木头,或身体后靠,嚼着烟草,读着报纸。

"我们现在在哪个年代?"莉丝开玩笑道。

"这个小镇从未经历六十年代。"汀斯利舅舅说,"人们喜欢那种生活方式。"

在红灯处,他停下了伍迪。在我们前面有一个戴着软呢帽的年老的黑人开始过街。当他走到交叉路口中央时,他看着我们,笑着碰了碰帽子。汀斯利舅舅挥了挥手。

"他是谁?"我问。

"不认识。"汀斯利舅舅说。

"可你朝他挥手了。"

"你只跟认识的人打招呼吗？你果然是从加利福尼亚来的。"

他哈哈大笑起来。

那家工厂坐落在霍利德大街的尽头，那条河的右岸，是用深红色的砖头建造的，铺设图案有拱形和方形，面积占了一整个街区。窗户有两层楼那么高，烟从一对高耸的烟囱冒出。前面的牌子上写着：霍利德纺织品厂。

"夏洛特跟你们说了很多家族的历史吗？"汀斯利舅舅问。

"妈妈不爱提这种话题。"莉丝说。

汀斯利舅舅解释说，内战爆发前，霍利德家族有一个棉花种植园。

"种植园？"我问，"我们家有过奴隶？"

"当然。"

"我希望我不知道这件事。"莉丝说。

"那些奴隶的待遇一直很好。"汀斯利舅舅说，"我的高曾祖父经常说，假如他到最后只剩下一块面包，他对天发誓，一定会和奴隶们分享。"

我瞥了莉丝一眼，她翻了翻白眼。

汀斯利舅舅继续说，如果你回溯得够远，几乎所有买得起的美国家庭，都有自己的奴隶，不是只有南部人才有。本·富兰克林也有奴隶。无论如何，北方佬在战争期间烧毁了整个种植园，但我们家族依然懂得经营棉花生意。战争一结束，蒙哥马利·霍利德拿定主意：把棉花北上运到工厂让北方佬发财没有任何意义。于是他把土地卖了，搬到百乐镇，用卖得的钱建造了这家工厂。

汀斯利舅舅解释说，这家工厂——几乎包括小镇本身——在霍利德家族手里传了一代又一代。这个工厂对霍利德家族来说，是有益的，反过来，霍利德家族也善待工人们。家族给他们建带室内水管设施的房子，提供免费如厕的手纸。霍利德家族还会在圣诞节时分发火腿，赞助了一支名叫"霍利德重棒"的棒球队。工人的工资不见得有多高，但大部分人在工厂开张前都是自耕农，工厂的工作可以说使他们的收入有所提升。他继续说，重点是百乐镇的每个人，无论有钱没钱，都把自己看做是这个大家庭的一部分。

大约在十年前，事情开始急转向下，汀斯利舅舅继续说道。外国工厂开始削减大家的工资，与此同时，北方的挑拨者开始四处挑拨工人起来罢工，争取更高的工资。南方的工厂开始亏本，随着时间的流逝，越来越多的工厂倒闭。

汀斯利舅舅说，那个时候，他父亲已经去世，他自己在经营霍利德纺织品厂，也是赤字。有一些芝加哥投资者同意买下这家工厂，但不顶事，那些钱也就够他和夏洛特紧巴巴地凑合过日子。其间，工厂的新主人遣散了工人，为所欲为地压榨畸角旮旯里的每一分利润，不仅取消了圣诞节的火腿分发，解散了"霍利德重棒"球队，还限制如厕，关掉空调，使用脏棉花。

"要在过去,霍利德纺织品厂生产的一定是精品。"汀斯利舅舅说,"现在他们生产的毛巾薄得你都能透过它们读报纸。"

"这一切听起来太让人失望了。"莉丝说。

汀斯利舅舅耸了耸肩:"事实就是这样。"

"你想过离开百乐镇吗?"我问,"像妈妈那样。"

"离开百乐镇?"汀斯利舅舅问,"我为什么要离开百乐镇?我是霍利德家的人。这儿才是我该待的地方。"

第七章

在梅菲尔德,我们开着窗睡觉,夜晚你能听见蛙鸣。我一挨枕头就睡着了,但每天很早就被那些闹喳喳的鸟儿吵醒。六月下旬的一天早上——我们在梅菲尔德待了近两个星期了,我醒来,伸手去摸莉丝,随后才想起她在隔壁的房间。尽管我很喜欢和莉丝睡同一张床,但我一直觉得有自己单独的房间会显得整洁些。可事实是,我感到孤独。

我走进莉丝的房间,看她醒了没有,只见她坐在床上看一本叫《异乡异客》的书,那是在我们打扫屋子时她无意中发现的。我挨着她躺下。

"我希望妈妈快点打电话来。"我说。每天我都盼着能收到她的信。我会经常检查电话,确认接线没问题,因为汀斯利舅舅特别不喜欢接电话,有时会把线拔掉,"汀斯利舅舅会觉得我们是一对乞丐。"

"我觉得他挺喜欢我们待在这儿的。"莉丝说,她举起书说:"我们就像是另外一个星球的外星人,友好地前来拜访。"

老实说,我们在这儿的时候,汀斯利舅舅还真没有别的访客。

他有一台老式的大收音机，但他似乎对世界上发生的事情不怎么感兴趣，从来没有打开过。他为之着迷的是谱系学和地质学。他大部分时间都泡在他的图书馆里，给县史学会写信，索要一些比如米德尔堡的霍利德家族的信息，翻阅他所谓的档案：一箱箱破碎的旧信件、褪色的日记簿、无论以何种方式提及霍利德家族的发黄的报纸剪报。他对地球无所不知，岩层、土壤层和地下水层。他研究地质图表、在小玻璃瓶土壤和一盘盘岩石上做实验、阅读科学报告以便引用在他的文章中——这些文章偶尔会发表出来。

　　莉丝喜欢醒来后躺在床上看书，而我一直是醒了就起，活动一番后就下楼用早餐。汀斯利舅舅在舞厅里慢慢地喝着咖啡，眼睛盯着玻璃落地门外。"我从来没有注意过草长得多高了。"他说，"我确信是时候给草坪割割草了。"

　　用完早餐，我跟汀斯利舅舅上楼来到设备库。里面有一辆旧的红色拖拉机，侧边有"法莫"字样，一个小台阶上升到座位，排气管上有一个空的油漆罐，汀斯利舅舅解释说，是为了不让小动物跑进去。汀斯利舅舅发动引擎，拖拉机发出嘎嘎声，不过还是发动起来了，一股黑烟从油漆罐下面蹿了出来。汀斯利舅舅把拖拉机倒退到牵引式割草机———台绿色的精巧装置——旁边，我帮他把割草机连接到拖拉机后面，弄得我的两只手和指甲缝里全是油。汀斯利舅舅割草时，我用铁铲和耙子清理从锦鲤池塘一路过来的落叶。我发现在旧花坛之间有好几条杂草丛生的砖铺小径，我开始清除上面的杂草。这工作很辛苦——湿叶子比你想象的要重,杂草使人发痒——不过,中午之前,我把池塘和周围的大部分砖都清理干净了,但花坛则还需要做很多工作才能重新获奖。汀斯利舅舅向我使眼色,"咱们摘些桃子来做午餐吧。"他说。

他把我举到拖拉机侧边的小踏板上,解释说你真的不用干这些活,农场小孩倒是要这样做。然后汀斯利舅舅开动拖拉机,我就站在踏板上,死活不敢松手。我们经过谷仓,然后上坡,前往果园。这辆旧"法莫"摇晃得很厉害,我的牙齿咯咯作响,眼球急颤。

汀斯利舅舅说,苹果和梨都还太青,得到八九月份才能熟。但他还是摘了几个已经可以吃的早桃。它们都是老品种,几个世纪前就培育了,比较适合这个县的气候,尝起来一点不像粉状聚苯乙烯泡沫塑料——它们在现代超市里冒充水果呢。

桃树下的地上也落了水果,蜜蜂、黄蜂和蝴蝶聚集在上面,尽情享用着。汀斯利舅舅拉下一个桃,递给我。桃子很小,红彤彤的,表面长着一层绒毛,因为太阳照射,拿在手里暖暖的。这桃子多汁,我咬了一口,感觉它在我嘴里差不多迸裂开。我狼吞虎咽,所有的汁水流到我的下巴、手指上,黏黏的。

"讨厌。"我说。

"嗳,一个桃子而已。"汀斯利舅舅说,"一个霍利德桃子。"

我们带回去了满满一纸袋的桃子。它们是如此不可抗拒,以至于我和莉丝整个下午都在吃，第二天早上，我又去了果园，摘了更多的桃子。

桃子树在苹果树的后面，我走近时，看见有棵树的树枝摇晃得厉害。我再走近时，发现树后面有人，一个小子，正在以他最快的速度往一个袋子里装桃子。

"嘿！"我大喊，"你在干吗？"

那小子和我差不多年龄，听到我喊，便看着我。我们互相盯着对方看了一会儿。他那长长的棕色头发贴在脸上，眼睛黑得像咖啡。他没有穿上衣，被太阳晒出一条条深浅不一的印痕的皮肤上全是汗水和尘垢，好像跑了大半个原野似的。他一只手里拿了一个桃子，我看到有根手指少了一截。

"你在干吗？"我又大喊，"这是我们的桃子。"

那个男孩突然转身跑了，手里拿着那个袋子，胳膊和腿甩起来就像短跑运动员。

"站住！"我大喊，"小偷！"

我追着跑了几步，但他跑得很快，而且抢了先，我知道抓不到他。我非常生气，这个脏小子竟然敢偷我们美味的桃子，我捡起一个桃子，朝他身后扔了过去。"偷桃子的贼！"

我转头回到家里。汀斯利舅舅在图书馆里做他的地质学论文。我满以为他会跟我一样愤怒谴责偷我们的桃子的下流坏蛋。结果相反，他笑着问了我几个问题。他长什么样？多高？有没有发现他的一根手指少了一截?

"的确是。"我说,"可能是偷东西的时候被切掉的。"

"他叫乔·怀亚特。"汀斯利舅舅说,"是你爸爸家族的人。他爸爸是你爸爸的兄弟。他是你的堂兄。"

我惊呆了,坐到了地板上。

"我不介意他摘些桃子吃。"他说。

妈妈没怎么跟我们说过莉丝的爸爸或者我的爸爸。她只告诉我们,她在里士满读大学时遇到莉丝的爸爸,谢尔顿·斯图尔特,闪电式恋爱后,他们就结婚了,那是当时百乐镇人见过的最奢华的婚礼。妈妈几乎马上就怀孕了,没过多久她就发现谢尔顿·斯图尔特是个不老实的寄生虫。他来自南卡罗莱纳一个古老的家族,但已经没钱了,他指望妈妈的家庭来养着他们,而他自己整天只知道打高尔夫球,猎松鸡。妈妈的父亲明确表示这种事情不可能发生,于是,莉丝出生不久,谢尔顿·斯图尔特就抛弃了妈妈,她和莉丝再也没有见过他。

妈妈告诉我们,我爸爸是百乐镇上的男孩。他精力充沛,喜欢社交聚会,但他们俩来自不同的世界。他在我出生前就死于一起工厂事故。妈妈就告诉了我们这些。

"你认识我爸爸?"我问汀斯利舅舅。

"当然认识。"

这让我很紧张,我开始不停地搓手。

妈妈关于爸爸的讲述让我渴望了解更多的细节,但她说她不想谈论他,只有把过去抛在脑后,我们才能过得更好。妈妈没有爸爸的照片,也不愿告诉我他的名字。我一直在想我的爸爸会是什么样子的呢。我长得不像妈妈。我长得像爸爸吗?他英俊吗?有趣吗?聪明吗?

"他长什么样?"我问。

"查理。查理·怀亚特。"汀斯利舅舅说,"他是个傲慢的家伙。"他顿了顿,看着我说:"他想和你妈妈结婚,你知道,但她从来没把他当回事儿。"

"怎么会那样?"

"在她眼里,查理是个浪荡子。当那个废物,莉丝的爸爸,说他根本就不想做父亲时,夏洛特非常震惊。她经过了一段被抛弃后的痛苦日子,然后就跟许多男人纠缠不清,这些人都是我父母不喜欢的。查理是其中一个。她从来没有想过跟他结婚。在她看来,他就是个线头工。"

"是什么?"我听妈妈说过这个词,但我不知道是什么意思。

"就是工厂工人。他们顶着一身的线头从岗位上下来。"

我坐在地板上,努力理清思绪。我一直希望能知道更多关于我爸爸和他家族的事情,而现在,我遇到一个跟他——也跟我——有关系的人,我却表现得像个疯子,骂他,还朝他扔桃子。他根本就不是贼。因为汀斯利舅舅并不介意乔·怀亚特去摘桃子,所以不能算偷。至少，从这个角度看是这样。

"我想我得去给乔·怀亚特道歉。"我说，"也许还能见到其他怀亚特家的人。"

"这主意不错。"汀斯利舅舅说，"他们都是好人。父亲残疾，现在不能多干活了。母亲上夜班。她是这个家庭的凝聚力。"他挠了挠下巴："我想我可以送你过去。"汀斯利舅舅说这话时的样子让我意识到他其实并不真的想这么做。毕竟，他是霍利德家的人，那家工厂的前主人。他要前去拜访的是一个工人家庭，这家的男人搞大了他妹妹的肚子。如果他把我送到那儿，自己没有进去，不免很尴尬，但如果他坐下来，端着杯柠檬水，和怀亚特家的人闲扯，也许会更尴尬。

"我可以自己去。"我说，"我可以趁这个机会走走，近距离看看百乐镇。"

"好计划。"汀斯利舅舅说，"更妙的是，夏洛特的旧自行车应该就在附近什么地方。你可以骑车去镇里。"

我折回鸟房，准备把怀亚特家的事告诉莉丝。她坐在靠窗的一张椅子里，在读她在汀斯利舅舅图书馆里找到的另一本书，是埃德加·爱伦·坡的。

我告诉她怀亚特的事时，她跳起来，一把抱住我，"你在发抖。"她说。

"我知道，我知道。我很紧张。"我说，"如果他们是怪人怎么办?如果他们认为我是怪人怎么办?"

"没事儿。你要我陪你去吗?"

"你去吗?"

"当然,蚕豆,你真奇怪。我们是同一条船上的啊。"

第八章

第二天早上,汀斯利舅舅找到了妈妈小时候骑过的自行车。他还在设备库里找到他自己那辆,不过得换新轮胎才行,我和莉丝决定合骑一辆。

妈妈的是一款很酷的施文牌自行车,好像已经停产了,汀斯利舅舅说。车的构架是红色的,很重,轮胎很厚实,车轮上有反光板,有一个速度计、一个喇叭,车座后面是一个铬合金架子。汀斯利舅舅把车子上下揩干净,给轮胎充足了气,链条上好了油后,给我们画了一张去怀亚特家的路线图,他解释说那个地方叫厂山,或者就叫山。莉丝在前面踩踏板,我坐在后面的铬合金架子上,出发前往"山"。

天气很闷热,有薄雾,后面的架子硌得我不舒服,还好,一路上我们经过一片很阴凉的树林,路两边那些巨大的老树相互伸出的枝叶形成了一种遮蓬,你会感觉自己是在经过一条隧道,偶尔点点阳光透过叶间闪烁着。

厂山在镇北边,穿过那家纺织厂,就在树木繁茂的山脚下。房子都是一模一样的盒子,很多房子原本的白漆都已经褪色了,有一些则刷成蓝色、黄色、绿色、粉色,或者弄了铝墙板或沥青纸壁板。长廊上一排的椅子和沙发,一些小院子里堆满了汽车零件,一户脏兮兮的人家在窗外挂出了一面内战时南部邦联的旗帜。但你会发现,对于山上的许多居民来说,装点门面很重要。有人用刷白了的轮胎做花盆栽种三色紫罗兰,或者挂一个五彩缤纷的纸风车,在微风中旋转,或者摆放几个松鼠和小矮人的水泥小雕塑。我们走过一位妇女身边,她正拿着笤帚打扫脏院子。

怀亚特家的房子清楚地显示了这家人对这栋房子引以为傲。天蓝色的油漆正在褪色,但前院的草坪修整过,墙角的灌木丛也均匀地修剪过,小石子铺就的小径从前门的台阶一直延伸至人行道。

莉丝后退了一步,让我先走。我敲了敲门,几乎是同时,一个阔嘴、眨着绿眼的胖妇人开了门。黑色的头发夹杂一道银丝,松散地盘成发髻。她在宽松的衣服外套了一条围裙。她好奇地冲我笑了笑。

"怀亚特夫人?"我问。

"我想我是吧。"她用洗碗巾擦干手。那是一双大手,像男人的手。"你们是推销东西的吗?"

"我是蚕豆·霍利德。夏洛特的女儿。"

她发出欣喜的尖叫,扔掉洗碗巾,一把熊抱住我,差点没挤碎我的脊柱。

我向她介绍莉丝，莉丝伸手打招呼。

"我们不是摇摇欲坠的家族，而是团结在一起的家族！"怀亚特夫人一边以相同的拥抱裹住莉丝，一边喊道。她拉着我们进了屋子，嘴里喊着克拉伦斯的名字，让他出来见他的侄女。"我可不是什么怀亚特夫人。"她告诉我们，"我是你们的婶婶艾尔。"

前门通向厨房。一个小男孩坐在桌旁，一双大眼睛一眨不眨地瞪着我们看。一个大煤炉上面有两个刚刚烤好的馅饼。盘子、碗、锅按照大小尺寸堆放在架子上，长柄勺和搅拌勺挂在炉子上方的架子上。看得出艾尔婶婶治家很严。墙上挂着刺绣和写着《圣经》段落或语录的小漆板，比如"每天诵读一段经书，便能使魔鬼远离"或"不经历风雨，怎么见彩虹？"一类的。

我问乔在不在，"我昨天见到他，但我不知道他是我堂兄。"

"你在哪儿见到的他？"

"在汀斯利舅舅的花园里。"

"你就是扔桃子的那个人喽？"艾尔婶婶仰天大笑起来，"听说你臂力不小嘛。"她说乔出去玩了，估计午饭时会回来，要是错过了，他一定会后悔。她继续说，她有四个孩子。乔十三岁，排行中间。她介绍说饭桌旁边的是她最小的儿子，厄尔，五岁。他有点不一样，力气小，从未真正学习说话——到目前为止吧。她最大的儿子杜鲁门已经二十岁了，在海外服役。她的女儿露丝，今年十六岁，去北卡罗莱纳了，艾尔婶婶有个妹妹在那儿，患脑膜炎病倒了，有三个小孩需要照顾。

一个男人从后面的房间里出来，动作很小心，好像受伤了，艾尔婶婶介绍说是她的丈夫，我们的叔叔克拉伦斯。

"夏洛特的女儿？真想不到。"他很瘦，有点驼背，瘦削的脸颊上有很深的皱纹，灰色的头发剃成了平头。他仔细瞧着莉丝。"你，我记得。"他说，然后又看着我，"你，我从来没有见过。我还没找到机会见见我兄弟的唯一的孩子，你妈妈就把你弄出了镇子。"

"唔，你现在有机会啦。"艾尔婶婶说，"好好的。"

"很高兴见到你，克拉伦斯叔叔。"我说。我在想他会不会像艾尔婶婶那样拥抱我，但他就站在那儿，怀疑地看着我。

"你妈妈呢？"他问。

"她在加利福尼亚。"我说，"我们只是来探望一下。"

"她决定不来，对吗？嗳，这对我来说难道不是一个惊喜吗？"克拉伦斯叔叔开始咳嗽起来。

"脾气别那么火爆，克拉伦斯。"艾尔婶婶说，"去坐下，喘口气。"克拉伦斯叔叔咳嗽着离开了这个房间。

"我丈夫脾气有点暴躁。"艾尔婶婶告诉我们，"他是个好人，但命不太好——背不好，在纺织厂上班时得了白肺病——他厌恶很多人。杜鲁门在越南服役，他担心死了，但他不愿意承认。我们镇在这场战争中已经失去三个男孩了，每天晚上我为我的儿子，还有在那里的所有孩子们祈祷。不说了，来点馅饼怎么样？"

她给我们每个人都切了厚厚的一片。"这个县里最好的桃子。"她笑嘻嘻地说。

"价格低得不能再低。"我说。

艾尔婶婶又一次哈哈大笑起来,"你很快就能适应这儿,蚕豆。"

我们挨着厄尔在厨房餐桌旁坐下,狼吞虎咽吃着馅饼,味道好极了。

"你们的妈妈怎么样?"

"她很好。"莉丝说。

"这些年她一直没有回过百乐镇,对吗?"

"从蚕豆还是个小婴儿开始就没回来过。"

"这么问并不是说我在责备她。"

"我爸爸跟克拉伦斯叔叔长得像吗?"

"天壤之别,不过你还是能看出他们是兄弟俩。你从来没见过你爸爸的照片吗?"

我摇了摇头。

艾尔婶婶研究着洗碗巾,然后折叠成整整齐齐的方块,这块洗碗巾她似乎走到哪儿带到哪儿。"我给你看样东西。"她离开房间,回来时手里拿着一本厚厚的相簿。她坐在我身旁,开始一页页翻过,然后指着一张黑白照片——一个年轻男子倚靠在门口,双臂交叉,翘着屁股。"这就是他。"她说,"查理。你爸爸。"

她把相簿递给我。我几乎能听到血直往我头上涌。我开始触摸那张照片，我发现自己的手因为紧张出汗濡湿了。我在艾尔婶婶的洗碗巾上擦了擦，然后弯下腰，把脸凑到离那张照片只有几英寸的地方。我想看清楚爸爸的每一个细节。他穿了一件白色紧身T恤，一包烟卷进一只袖子里。他肌肉结实，跟我一样有一头黑发，梳着那个年代流行的光滑大背头。眼睛是黑色的，也跟我一样。最打动我的是他那歪歪的一笑，仿佛他看到世界正以他那独到的方式运行，把他乐坏了。

"他一定很帅气。"我说。

"哦，没错，他是个漂亮的家伙。"艾尔婶婶说，"所有女人都爱查理。不仅仅是他的外貌。主要是他照亮了整个房间。"

"什么意思？"

艾尔婶婶看了看我："你不怎么了解你爸爸，对吗，甜心？"

我摇了摇头。

查理一直是纺织厂的织机修理工，艾尔婶婶说。他什么都能修。他有这方面的才能。他没怎么接受过正规教育，但他真的很聪明，经常在外面跑。他总是很忙碌，闲不下来，常常是晚会刚开始，他就到了。

"我相信你身上也有他那样的精气神儿。"艾尔婶婶告诉我。不过，查理还有他们家的人都有的野性的一面，她继续说道，正是这份野性让他丧了命。

"我以为他死于工厂事故。"莉丝说，"这是妈妈告诉我们的。"

艾尔婶婶的表情好像在思考什么似的。"不，宝贝。"最后她说，"你爸爸是被人开枪打死的。"

"什么？"

"他杀了一个男人，后来那个男人的兄弟残忍地枪杀了他。"

我盯着艾尔婶婶。

"你已经长大了。"她说，"应该知道了。"

艾尔婶婶解释说，莉丝的爸爸跑了之后，夏洛特离开里士满，回到了梅菲尔德，把名字改回了霍利德。她觉得生活一团糟，便四处与人约会。然后，她和查理相互爱上了对方。后来她怀孕了，查理想娶她，不仅是因为这是一件很荣耀的事情，而是因为他爱她。但夏洛特的父亲，麦瑟·霍利德，不愿意自己的小女儿嫁给自己工厂里的一个织机修理工。夏洛特似乎也觉得，查理虽然是个很有趣的人，但他的地位太低下。

查理一直想改变夏洛特的想法，一天晚上，在吉布森的台球房里，一个叫欧尼·马伦斯的家伙说什么夏洛特是个淫荡的女人，还说这已经是很客气的说法。欧尼拒绝道歉，查理扑了上去。欧尼掏出一把小刀，查理手里的台球杆砸在欧尼的脑袋上。欧尼脑袋开花，倒在台球桌上。他就这样死了。审判团判定查理是出于自卫。欧尼的兄弟巴基发誓要杀了查理，很多人都劝他离开小镇，但他拒绝了。两个星期后，巴基·马伦斯在光天化日之下在霍利德大街枪杀了查理·怀亚特。

"你爸爸之所以被杀,"艾尔婶婶说,"是因为他要捍卫你妈妈的名誉。"

她继续说,她的克拉伦斯发誓要报仇,但巴基进了监狱,出来时,没让人知道就离开了本州。艾尔婶婶说她很高兴事情最后变成这个样子,但巴基的消失成为促使克拉伦斯对这个世界生气的又一件事情。

艾尔婶婶把爸爸的照片抽出来,放在我手上:"这张给你。"

"我觉得一切都变了。"我对莉丝说。我们推着施文牌自行车走回梅菲尔德,因为我想走走路,"现在我知道我爸爸是谁了。"

"现在你知道你是谁了。"莉丝说,"你是查理·怀亚特的女儿。"

"是的。"我说。我有爸爸那样的眼睛和头发——艾尔婶婶说我有他的精气神儿,"我是查理·怀亚特的女儿。"

我们沿路经过那个打扫院子的女人的房子。被夯得实实的泥地看上去光滑如琉璃瓦。那个女人正坐在门廊上。她挥了挥手,我也向她挥了挥手。

"现在你也朝陌生人招手了。"莉丝说完咯咯笑了,"你已经本土化了。"

我们到达山脚。"我想我喜欢我爸爸是这样死的。"我说。

"比不声不响死在事故中要好。"莉丝说。

"就像艾尔婶婶说的,他是在捍卫妈妈的名誉。"

"他可不是什么线头工——倒不是说线头工有什么不好。"

"我觉得我有很多事情要问妈妈。"我说,"她究竟什么时候打电话来?"

"她会打的。"

第九章

我们回到家时,汀斯利舅舅正坐在餐厅旁边,研究着他那张巨大的霍利德家族族谱图。

"怎么样,蚕豆?"他问。

"嗯,她知道了她爸爸是怎么死的。"莉丝说。

"你知道吗?"我问。

"当然。"他说。他指着图上的一个名字:"查理·约瑟夫·怀亚特,一九三二年至一九五七年。"

"你怎么没有告诉过我?"

"这不该我来说。"他说,"不过百乐镇的人一定都知道。一连几个月没谈别的,都在说这事儿。也许,一连几年。"

他说,在台球房里喝啤酒的工人都卷了进来,打架伤人一直不断,还不时死人。这也没什么大不了的。然后,这件事牵涉到夏洛特·霍利德,麦瑟·霍利德的女儿,镇上所有人实际上都在为他工作。到巴基·马伦斯受审时,夏洛特的肚子已经凸显出来了,所有人都知道她怀的是被巴基杀死的那个在台球房里大打出手的线头工的孩子。这无疑是一桩丑闻,让他的父母蒙羞。还有他和玛莎。他们都觉得霍利德这个姓被玷污了——它被用在那家可恨的纺织厂，还有那条穿过小镇的主街的名字上。母亲不再去园艺俱乐部了，父亲也不去打高尔夫球了。汀斯利舅舅说，每次他走过小镇，都能听到人们在他背后哈哈大笑。

他继续说，父母忍不住让夏洛特知道了他们的感受。婚姻失败后，夏洛特跑回家里，期待家人能支持她。但她同时又说，她已经是大人了，爱做什么就做什么。结果，她让整个家族蒙羞。家人的这种感受，让夏洛特觉得家人对她不满，于是她恨起了父母，还有他和玛莎。

"蚕豆，你出生后不久，她就离开了百乐镇，并发誓再也不回来了。"汀斯利舅舅说，"这是她一生中为数不多的一次表现出良好的判断力。"

那天晚上，我无法入睡。我躺在床上，细想白天听到的关于爸爸妈妈的事情。一直以来，我都很想多了解自己的家庭，却从未想过会是这样。

这个时候拥有自己的房间真是讨厌，因为没有人可以说话。我从床上爬起来，抱起枕头，去了莉丝房间，挨着她躺下了。她伸手抱住我。

"现在我知道我爸的事情了。"我说，"它真的能给你很多思考的东西。也许，等妈妈来了，你跟她说联系联系你爸爸。"

"不。"莉丝急切说道,"他那样离开我和妈妈,我永远都不会和他有任何关系。永远。"她深吸了口气:"某种意义上说,你是幸运的。你爸爸死了。我爸爸走了。"

有那么一会儿,我们静静地躺着,没有说话。我等着莉丝说一些具有她的风格的、有见解的话,帮我理清白天听说的那些事。结果,她开始玩起滑稽的双关语游戏来,每当她因为什么事烦心,又想不以为意的时候,她都会这样做。

她先从"lintheads"这个词开始,她先首音互换,变成"hint leads",然后说"lintheads"是指没有脑子的人,所以有人就把多余的脑子借给他们。有时,向他们索要费用,这样这些人就是所谓的"rent heads",等他们没钱了,他们就被称为"spent heads"。如果这些头受到损害,他们就是"dent heads"或者"bent heads"。

"没意思。"我说。

莉丝沉默了一会儿。"你说得对。"她说。

第十章

第二天早上,我在拔池塘旁边花床的野草时,还在想自己是查理·怀亚特女儿的事,以及妈妈怀上我这件事给每个人带来多少问题。啄木鸟敲击悬铃木的声音让我抬起头,透过那片黑黑的灌木丛,我看见乔·怀亚特正沿着车道走来,肩上挂着麻布袋。我直起身。他看到我,便朝我这边走来,步伐轻松,就好像他出来溜达,碰巧看到了我。

"嗨。"他在离我几步远的地方处跟我打招呼。

"嗨。"我说。

"妈妈说我该过来跟你打个招呼,看看咱们俩是什么亲戚。"

我看着他,发现他的眼睛跟爸爸和我的一样,也是黑色的,"我猜我们是堂兄妹。"

"我想是的。"

"对不起啊,我叫过你小偷。"

他低下头,我看到他脸上荡漾开了笑容。"我还被人叫过比那更糟的呢。"他说,"对了,亲,你喜欢黑莓吗?"

亲。我喜欢。"当然。"

"那咱们去摘一些吧。"

我跑到谷仓,找到我的布袋。

时值六月末,湿气越来越重。昨夜下过雨,地面很湿。我们嘎吱嘎吱地走在排水不畅的泥地里,穿过大片草地。蚱蜢、蝴蝶、小鸟们在我们眼前的草地上蹦跳、飞掠。我们来到一个生锈的带刺铁丝栅栏前,栅栏把草地和树林分开了。乔说,黑莓喜欢阳光,找到它们的最好的办法就是沿着铁轨两边走,在那儿,森林和田野相遇。沿着栅栏走,我们很快碰上了好大的黑刺莓丛,上面结满了硕大的黑莓。我摘了一个吃,太酸了,被我一下子吐了出来。乔解释说,得是那种一碰就掉的才好。生扯下来的都还没有熟透。

我们沿着栅栏往山上走,一边摘,一边敞开了吃。乔告诉我夏天他多数时间都是在林子里采白里叶莓、桑葚、黑莓,还有巴婆果——有人称其为乡下香蕉——或者在果园里摘樱桃、桃子、苹果,偶尔还会溜进别人家的院子里拽上一兜西红柿、黄瓜、土豆、蚕豆什么的。

"我只拿他们多余的东西。"他说,"从来不拿少的。不然那可真成'偷'了。"

"更像猎食者。"我说,"鸟和浣熊就是这样。"

"说得对,亲。不过我得承认,不是每个人都能这么友善地看待这种事。"

他说,有时农民在果园或玉米地里逮到他,会厉声斥骂他。有一次，他爬到牙医在百乐镇上的豪宅院子里的一棵苹果树上，当那一家人出到院子里来吃中饭时，他只好一动不动地在树上趴了一个小时，直到他们离开，活像一只生怕被猎人发现的松鼠。最惨的一次是，他被一户人家守院子的狗追赶，虽然后来成功翻过篱笆，却少了一截手指。回想起当时的情景，乔咧了咧嘴，笑了笑，举起他的手："这根手指再也不能摘东西了。"

袋子满了后，我们沿着灌木树篱往山下走，回梅菲尔德。正午高温下篱笆那边的树林安静极了。回到谷仓，我们从水槽上方的水龙头里接了杯水喝，还把头塞到水龙头下，洗了一把脸。

"也许以后我们可以多出来猎食，亲。"他说着擦了擦下巴。

"好啊，亲。"说完，我也揩了揩下巴。

他沿着车道走去，我转身回屋，刚走到长廊，就见莉丝从里面出来。

"妈妈打电话来了，"她说，"她过几天会来。"

第十一章

那天下午,我和莉丝坐在锦鲤池塘边,一边谈论妈妈这次来的事,一边痛快地吃着黑草莓,吃得手指都染了色。妈妈是得打电话来了,自从她那子虚乌有的马克·帕克被揭穿,导致她恼羞成怒,甩手而去后,已经过了五个星期零两天的时间。我有多喜欢百乐镇,对见到汀斯利舅舅和爸爸家的人——甚至包括那个坏脾气的克拉伦斯叔叔——有多激动,我就有多想念妈妈。她经常说,我们是三人帮。我们需要彼此。我有好多事想问妈妈,大部分是关于我的爸爸的,我和莉丝还想知道她是怎么打算的。我们是回失落湖呢,还是去别的什么地方?

"也许我们可以在这儿待一阵子。"我对莉丝说。

"也许。"她说,"这儿也可以说是妈妈的家。"

我们到这儿后,就一直在整理汀斯利舅舅的东西,但在梅菲尔德这样的地方,总有干不完的事。接到妈妈电话的两天后,我们正在处理坛坛罐罐、盒子箱匣什么的,这时就听到那辆道奇车沿车道上来的声音。

我和莉丝冲出门去，穿过大长廊，走下台阶时，看到妈妈正从车上下来，车后拖着一个白色和橘色相间的小挂车。尽管是夏天，她却穿着那件红色的天鹅绒外套，头发梳成要去试镜时的样式。在车道当中，我们三个抱在了一起，大笑，高喊，妈妈不停地叫着"亲爱的"、"我的宝贝"、"我心爱的女儿"。

　　汀斯利舅舅从屋里出来，身体斜靠在长廊的一根柱子上，胳膊交叉抱在胸前，看着我们。"好啊，你终于回来瞧瞧了，夏。"他说。

　　"见到你我也很高兴，汀。"妈妈说。

　　妈妈和汀斯利舅舅就站在那儿，看着对方，于是我开始叽叽喳喳地说我们干过的所有乐事：待在鸟房她那间旧屋里，清理锦鲤池塘，骑"法莫"，吃桃子，摘黑莓。

　　汀斯利舅舅打断我。"你去哪儿了，夏？"他问，"你怎么能自个儿走了，不管这两个孩子呢？"

　　"别审判我。"妈妈冲他说。

　　"好啦，请你们别吵啦。"莉丝说。

　　"行，咱们都文明些。"妈妈说。

　　我们都进到屋里，妈妈环顾四周，到处乱糟糟的。"天啊，汀。妈妈会怎么说来着？"

　　"她会说某人抛弃自己的孩子？不过，就像你说的，咱们都文明些。"

　　汀斯利舅舅进厨房，烧茶去了。妈妈开始在客厅里走来走去，时而拿起她妈妈的水晶花瓶和瓷雕,时而拿起她爸爸用皮革盖着的老式双目镜和装在纯银相框里的家族照片。她说,她曾经非常努力试图让这个地方和她的过去从她的生活中消失,而现在她又回到了它的中心。她笑着摇了摇头。

汀斯利舅舅用那个银托盘端着茶,进来了。

"回到这儿的感觉太黑暗,太奇怪了。"妈妈说,"我感觉到旧时的心寒。妈妈总是那么冷漠,那么疏远。她从来没有真正爱过我。她只关心我的外表,还有我的举止是否得体。爸爸爱我,是因为错误的原因。一切都是那么不合时宜。"

"夏洛特,你在胡说。"汀斯利舅舅说,"这一直是很温馨的房子。你是爸爸的小女儿——至少在你离婚前——你爱这个房子。在这个屋檐下,没有发生过不合时宜的事。"

"我们不得不假装那个样子。我们不得不假装一切很完美。我们都擅长作假。"

"别那么可笑。"汀斯利舅舅说,"你总是那么夸张。你总想创作你的小剧本。"

妈妈转身对着我们:"现在知道我什么意思了吧,女儿们?在这儿,当你试图说出真相的时候,瞧瞧会发生什么?你会受到攻击。"

"还是喝点茶吧。"汀斯利舅舅说。

我们都坐了下来。莉丝倒茶,然后递给大家。

妈妈盯着自己手里的茶。"百乐镇。"她说,"这个镇上的每个人都生活在过去。他们只聊天气和叭喇狗。就好像他们不知道或不关心外面的世界发生的事情。他们甚至没有意识到他们的总统是一个战犯。"

"如果你是靠你种的东西过活,那么天气就很重要。"汀斯利舅舅说,"有些人认为尼克松总统正在做一件大好事,那就是结束并非由他发动的战争。他是我票选的第一位共和党党员。"他搅了搅茶里的糖,清了清喉咙:"你和女孩们有什么计划吗?"

"我不喜欢计划。"妈妈说,"我喜欢选择。我们有几个选择,我们会全盘考虑的。"

"什么选择?"莉丝问。

"你们可以在这儿待。"汀斯利舅舅说。他啜了一口茶:"一段时间。"

"这个不是我会考虑的选择。"妈妈说。

汀斯利舅舅放下茶杯:"夏,你得给她们稳定点的生活。"

"你知道怎么照顾孩子吗?"妈妈问,脸上的笑容有点僵硬。

"真不公平。"汀斯利舅舅说,"我只知道,如果我和玛莎能幸运地有自己的孩子,我们绝对不会抛下她们,自己跑了。"

妈妈猛地撂下茶杯,力道大得我还以为她把它弄碎了。她站了起来,身子倾向汀斯利舅舅。有人批评妈妈时,她就会攻击对方,现在她就要这样做了。她说,她完全靠自己把两个女儿抚养长大,她们现在好得不得了。他根本不知道她做出了什么牺牲。不论怎样，她都算是个独立女性。她有自己的音乐事业。她自己做决定。她不想再站在这儿，聆听她哥哥——一个生活在闭塞小镇自己出生时的旧宅里、衰老的遁世者——对她的评价。他从来没有钱离开百乐镇，而她从来没有回到这个该死的地方，拉他一把。

"收拾东西，孩子们。"她说，"我们走。"

我和莉丝相互看了对方一眼，都不知道说什么。我想告诉妈妈汀斯利舅舅对我们有多好，但我怕她以为我站在他那边，那样可能会让事情变得更糟。

"你们没听到我的话吗？"妈妈问。

我们上了楼，来到鸟房。

"天哪，他们互相讨厌对方。"我说。

"还以为他们至少会客气些。"莉丝说。

"他们可都是大人啊。"我说，紧接着又说，"我不太想走。我们刚刚见到怀亚特家的人，我真的很喜欢他们。"

"我也是。可我们做不了主。"

我们拎着那对箱子下楼时，汀斯利舅舅正坐在书桌旁，在一张纸上潦草地写着什么。他折起那张纸，递给莉丝。

"电话号码。"他说，"百乐镇二—四—六—八。需要我时打这个电话。"他在我们俩的脸颊上各亲了一下："你们俩要照顾好自己。"

"谢谢你让我把菲多埋在玛莎舅妈的旁边。"我说,"一开始我以为你脾气不好,但现在我觉得你很好。"

然后我们就走出了门。

第十二章

妈妈把车开得就像我们正在逃离犯罪现场似的，一辆辆驶往百乐镇的车子从我们身边掠过，我们还闯过了小镇南面的红绿灯。她紧紧地握着方向盘，仿佛她的一生就取决于它。一路上她都在滔滔不绝地说话。她说，梅菲尔德真的已经在走下坡路。妈妈一定很震惊。看起来就像汀斯利已经完全成了一名隐士，尽管他一直都有点怪怪的。好家伙，一看到这个地方她就回忆起很多往事——不愉快的往事。这个给人整个一个失败者印象的破落小镇。除了不爽的回忆，别无其他。

"我喜欢梅菲尔德，"我说，"也喜欢百乐镇。"

"在这儿长大试试。"妈妈说。她手伸进包里，拿出一盒烟。

"你抽烟？"莉丝问。

"回到这个地方就会抽。这个地方让我有点紧张。"

妈妈用车内的嵌入式打火机点着烟。我们来到霍利德大街。过几天就是七月四日① 了，工人们在每一根灯柱上悬挂国旗。

---

① 美国独立纪念日。

"天佑美国。"妈妈语带讽刺地说,"瞧瞧这个国家在越南干的一切,我真不明白怎么每个人都觉得自己很爱国。"

我们穿过河上那座叮当作响的铁桥。"我见过怀亚特家的人。"我说。

妈妈没有反应。

"艾尔婶婶告诉我,爸爸是被人开枪打死的。"我咬了咬嘴唇,"你以前说他是在一场事故中丧生的。"

妈妈吸了口烟,然后吐了出来。莉丝摇下车窗。

"我那样说完全是为了你好,蚕豆。"妈妈说,"你还太小,很多事情都还不懂。"

她说,离开该死的百乐镇是她为女儿做的另一件事。她没办法在这样一个热衷于说三道四、思想狭隘的小镇把我们抚养长大,这里的每个人都在背后窃窃私语,说我是一个织机修理工的私生子,他先是杀了别人,接着又被别人杀了。"更别提镇里的每个人都认为我是导致这一切灾难的荡妇。"

"可是妈妈,"我说,"他是为了捍卫你的名誉。"

"也许他是这样认为自己所做的一切,但实际上他让事情变得更糟。一切尘埃落定时,夏洛特·霍利德已经没有什么名誉要去捍卫。"妈妈长长地吸了一口烟,"夏洛特就是一个娼妓。"

不管怎样,她继续说道,关于过去她既不去想也不去谈。她厌恶过去。过去并不重要,就像你来自哪里,曾经是谁一样,并不重要。重要的是将来：你要去哪里，要成为什么样的人。"我已经想好了我们的未来。"她说，"那就是纽约！"

她继续说，前段时间她和朋友南下去了圣地亚哥，想寻求某个小集团的支持，之后又去了巴哈。她常常一个人待在那儿的海滩上，寻找下一步该怎么走的线索。结果，她没有发现任何提示，却跟着回到了失落湖，看到莉丝关于我们去拜访疯帽匠和榛睡鼠的留言。她意识到这是暗示。她得抛下加利福尼亚，追随女儿们到东海岸来。她租了辆拖车，把平房里几乎所有东西都扔了上去。

"你知道吗，莉丝，"妈妈问，听上去几乎有些轻浮，"当我读到你那关于镜子另一端的留言时，我一下子惊醒了。那就是纽约！对于一个制片人来说，纽约和洛杉矶，就是一块镜子的两面。"

我和莉丝相互瞥了对方一眼。我们俩挤在前座上，因为妈妈把几把吉他和几盒乐谱都堆塞在了后座上。

"我们是不是太现实了？"莉丝问。

"现实主义，实际主义。"妈妈说。高更前往南太平洋时不现实吗？马可·波罗跑去中国时不现实吗？那个瘦得皮包骨、嗓子沙哑的小子改名为鲍勃·迪伦后，从大学退学，离开了明尼阿波利斯，去了格林威治村，他不现实吗？"那些有胆量成为伟人、伸手摘星的人，从来不担心自己是不是太现实了。"

妈妈说，纽约才是真正的现实所在，比洛杉矶好多了。洛杉矶只有一群许着空洞承诺的油滑制片人，以及愿意相信他们的绝望的小明星。妈妈开始喋喋不休地说着格林威治村、华盛顿广场、切尔西饭店、蓝调酒吧和民谣俱乐部、白脸小丑、到处都是涂鸦艺术的地铁站里的小提琴家。说着说着，她整个人变得越来越有生气起来。这让我想到，她并不打算提马克·帕克那档子事，或者她丢下我们不管的事实——我们也不应该主动提起来。

"我们现在正在做的，不仅仅是一趟汽车之旅。"妈妈说。是一次度假，她解释道。是庆祝三人帮即将开始的纽约冒险的一种方式。"我有惊喜给你们。"

"什么惊喜？"莉丝问。

"我不能告诉你，否则就不是惊喜了。"说完，妈妈咯咯地笑起来，"不过，到了里士满就知道了。"

傍晚时分，我们到达里士满。妈妈把车开上一条两边栽满了树的林荫道，经过一群骑在马背上的人物的纪念碑，然后把挂着橘、白相间颜色的拖车的道奇车停在了一幢看上去有点地中海味道的建筑物前。一个穿着深红色燕尾服的男人走上前来，半信半疑地看着那辆道奇车和后面的拖车。

妈妈转过身来对我们说："这就是惊喜。以前我和我母亲来里士满购物时就住在这儿。"

她打开车门，像淑女那样把手伸向那位看门人。顿了一下后，他握住她的手，微微鞠了一躬，帮助她下车。

"欢迎来到麦迪逊酒店。"他说。

"回到这里真不错。"妈妈说。

我们随着妈妈下了车。看门人瞥了一眼我的运动鞋,上面沾着百乐镇的橙色泥块。妈妈领着我们走上铺着地毯的、通向洞穴状大厅的台阶。一排排的大理石柱上又大又黑的纹理穿过大厅两边成排的石头。屋顶有两层楼那么高,中间是巨大的彩色玻璃天窗。目光所及之处,枝形吊灯、雕塑、垫得又软又厚的椅子、波斯地毯、油画、阳台。我从来没有见过这些东西。

"我们住得起这里吗?"莉丝问。

"不住在这里,才是我们无法承受的。"妈妈说,"经历了这么多,享受一番不但是我们应得的,而且也是我们所需要的。"

从我们离开梅菲尔德那一刻开始,妈妈一直不停地说啊说,几乎没有停过。现在,她又开始说起这家酒店的科林斯式圆柱和那宽大的楼梯。她说,《乱世佳人》里有一个场景曾经用到过这段楼梯。她告诉我们,她和她母亲住在这儿时,会去商店给她购置新学年的行头,然后在茶室喝喝茶,吃点三明治。去那儿的女士都要求戴着白手套。说到这些,她的眼睛都亮了。

我想着提醒妈妈她以前说过的话,什么成长过程中除了不愉快的记忆,就没有别的了,什么她一直很讨厌戴白手套。可转念一想,还是算了吧。此刻,她正享受着呢。何况,她经常自相矛盾。

在前台,妈妈要了相邻的两间房。"妈妈!"莉丝小声说道,"两间房？"

"在这种地方，我们不能挤在一间房里。"妈妈说，"这不是某些闪着霓虹灯的廉价汽车旅馆。这是麦迪逊酒店。"

一个戴着无边帽子的大肚子男孩用一辆推车把我们两吨重的行李箱送到房间。妈妈装腔作势地给了他十美元小费。"咱们梳洗一下，然后去购物。"她说，"如果要去主餐厅吃饭，我们需要一些合适的衣服。"

莉丝打开我们房间的门。里面修饰得太奢侈了，有壁炉，有用穗子由后往前拉的天鹅绒窗帘。我们躺在有四根帏柱的床上，床垫软得让你整个人都要陷进去。

"妈妈以前从来没有这样过。"我说。

"这还不是最糟的。"莉丝说。

"她不会闭嘴的。"

"我注意到了。"

"也许只是一时情绪吧，很快就会过去。"我鼓起其中一个大枕头，然后倚靠上去，"妈妈和汀斯利舅舅关于在梅菲尔德长大的生活有不同的记忆。"

"就像他们俩是在两幢不同的房子里长大似的。"

"妈妈说她爸爸不好的那些话挺吓人的。你觉得是真的吗？"

"我想妈妈觉得是那样，那并不表示事实就是那样。也许她只是需要有人对一切后果承担责任。也许的确发生了一些事情，但她夸张了。也可能事实就是那样。我们永远都不可能知道。"

过了一会儿，妈妈来敲我们的门。"女士们，"妈妈叫道，"尽情购物的时间到啦。"

她还穿着那件红色天鹅绒外套，但头发梳得更高了，还涂了唇彩，画了浓浓的黑色眼线。她还是说个不停。我们乘电梯下楼时，她解释说这家酒店的主餐厅很有意思，男士要求穿外套，系领带，如果他们只穿衬衣出现，领班会从衣帽间里一堆外套和领带中挑一套合适的给他们。

妈妈领着我们从后面穿过主大厅，那儿已经熙熙攘攘，人声鼎沸了：衣着得体的客人在办理入住手续；身穿制服的侍者们在堆放行李，而穿着晚礼服的衣冠楚楚的服务员提着香槟桶，用银盘托着马丁尼酒穿梭在人群中。我和莉丝却还穿着早上离开梅菲尔德时的牛仔短裤和 T 恤，我强烈地感觉到与周围的环境格格不入。

我们跟着妈妈走过一条回廊。回廊两边是成排的商店，镶嵌在黄铜框架里的平板玻璃窗闪闪发亮，里面陈列的东西应有尽有，从珠宝和香水，到雕刻精致的烟斗和进口雪茄。妈妈直接把我们带进一家女装店。"我在你们这个年龄的时候，我母亲就是带我来这家店里买衣服的。"她说。

满架满架的衣服，一桌桌的鞋子和手袋，无头模特身上穿着看上去很贵的粉色和绿色夏装。妈妈开始行动起来，一会儿举起鞋子，一会儿从架子上取下裙子，嘴里说着"这件很配你，蚕豆"、"莉丝，你穿上这些一定很棒"、"这件很合我的心思"。

店员走上前来，是一个稍微年长的女人，一副半月形眼镜用金链子挂在脖子上。她微笑着，但跟之前看门人一样，瞥了一眼我脚上那双沾着泥块的运动鞋。"有什么特别的需要吗？"她问。

"我们需要进餐时穿的女式套装，"妈妈说，"我们一时心血来潮入住这家酒店，没有带很多衣服。我们想找一些稍微正式但又新潮的衣服。"

店员点了点头："我知道你的想法了。"她说。接着她问了我们的尺码，开始向我们逐一展示各式女装，妈妈噢噢啊啊地应着。很快，一堆衣服挂在一个架子上。

莉丝用手指拨弄其中一件，看了看上面的价格标签。"妈妈，这件要八十美元，"她说，"有点超出我们的价格范围。"

妈妈怒视着莉丝。"用不着你来说，"她说，"我是你们的母亲。"

店员看了看妈妈，又看了看莉丝，似乎不知道该听谁的，究竟谁说了算。

"有打折区吗？"我问。

店员给了我一个痛苦的表情。"我们这儿不打折，"她说，"百老汇大街上有一家一元店。"

"听着，孩子们，你们不用担心钱的问题，"妈妈说，"我们需要合适的衣服去吃饭。"她看着店员："她们和守财奴舅舅住在一起，也养成了他那吝啬的习性。"

"我们没钱买，妈妈，"莉丝说，"你知道的。"

"我们没必要在餐厅里吃，"我说，"我们可以要送餐服务。或者外卖。"

妈妈看着我和莉丝。她的笑容消失了，脸黑了下来。"胆子真大啊，"她说，"你们怎么敢质疑我的权威？"

妈妈继续说，她正在努力做些对我们有好处的事情，一些可以提升我们的精神面貌的事情，可我们却这样回报她对我们的付出？真是不识好歹。谢啦。太感谢啦。她一路驾车穿过整个国家来接我们，而我们又是怎么感谢她的？当众让她在小时候经常光顾的商店里感到难堪。她受够了。受够了我们两个。

妈妈冲了出去，顺带撞倒了架子上的衣服。

"哎呀。"那位店员叫道。

我们追出去，来到繁忙的回廊，但她已经不见了。

"她一定是回房间了。"莉丝说。

我们穿过大厅，乘电梯上到我们房间所在的楼层，走在铺着地毯的安静走廊上。一个侍者经过我们身边，他推着一辆推车，上面载着用银盖子盖着的盘子和碗。那些食物闻起来很香，我这才意识到肚子饿了。早饭过后，我就没有吃东西了，也不知道晚上吃什么。送餐服务似乎会是个不错的想法。

我们在妈妈房间门口停了下来，莉丝敲了敲门。"妈妈？"莉丝喊道。没有人回答。莉丝又敲了敲："妈妈，我们知道你在里面。"

"对不起，"我说，"我们以后不这样了。"

还是没有人应。

莉丝不停地敲门。

"走开！"妈妈大声喊道。

"我们爱你，妈妈。"莉丝说。

"你们不爱我。你们讨厌我！"

"求你了，妈妈。"莉丝说，"我们真的爱你。我们只是想现实些。"

"走开！"妈妈又尖叫起来。

房门"砰"的一声晃动了一下，然后我们听到玻璃碎裂的声音。妈妈扔了什么东西。紧接着，她开始歇斯底里地哭起来。

我们回到大厅。一群人正排着队站在服务台前，但莉丝径直走到前面，我跟了上去。

那位服务员黑色的头发打过蜡，正忙着在账簿上写着什么。"请到后面排队。"他头都没有抬。

"我们情况紧急。"莉丝对他说。

那位职员抬起头来，很是吃惊。

"我们的妈妈把自己锁在房间里,不愿意出来。"莉丝说,"我们需要帮助。"

我和莉丝,还有那位职员和一位保安,一群人来到妈妈的房门口。她还在哭,不愿开门。那位职员打了个内线电话,叫人去请医生来。一位穿着白色外套的医生来了,保安拿出万能钥匙,打开门,领着医生进了房间。我和莉丝跟了进去。

妈妈躺在床上,头上放了个枕头。那个医生,具有南方人温和气质的小个子男人,拍了拍她的肩膀。妈妈把枕头从脸上拿下来,眼睛盯着天花板。她的妆已经花了。我和莉丝靠着墙站着,但妈妈没有看向我们。莉丝的胳膊搭在我的肩上。

妈妈发出很响的一声叹息。"没有人知道我有多难。"她对医生说。

医生含糊地应承着。他告诉妈妈他一会儿会给她打一针,这样她会觉得舒服很多,之后或许再在医院待几天观察观察。妈妈闭上了眼睛,紧紧地握住医生的手。

那位职员把我和莉丝带到大厅:"现在,我们该拿你们俩怎么办呢?"

"我们在百乐镇有一个舅舅。"莉丝说。

"我觉得我们最好给他打个电话。"那位职员说。

跟汀斯利舅舅说完，那位职员帮我们每人点了一瓶姜汁汽水——带一颗马拉斯加酸樱桃，一份小三明治——火鸡肉、虾仁色拉、黄瓜（去皮）。我们坐在到处是圆柱的大厅一张小桌旁吃。那位职员说，来接妈妈的救护车已经到了后门，那个医生帮着把她弄上去的。那个大肚子男孩把我们的箱子拎了下来。吃完三明治后，我们就坐在那儿等着。那位职员时不时过来瞧瞧我们。几个小时过去了，热闹的大厅变得越来越安静。等到汀斯利舅舅在午夜前推开旋转门出现时，除了我们的新朋友，那位职员，正在柜台后面整理东西，一位看门人正在用一台大型的抛光机给大理石地板抛光，整个大厅显得空荡荡的。

汀斯利舅舅穿过大厅向我们走来时，他的脚步声经由高高的天花板产生回音。"我希望能再次见到你们，"他说，"但我没想到会这么快。"

第十三章

妈妈让我有点担心,但老实说,回到百乐镇,我有一种如释重负的感觉。我从来没有想过要搬到什么纽约去,汀斯利舅舅说,你如果在那儿发出求救的尖叫声,所有人会做的事就是关上窗户。

过了几天,妈妈打来了电话。她现在好多了。她承认,她有一点点崩溃,但那是因为多年后再回到百乐镇给了她压力。然后她跟汀斯利舅舅说话,他们认为眼下最合适的就是我和莉丝继续待在百乐镇。妈妈说,她一个人先去纽约,一旦安顿好,就派人来接我们。

"你觉得妈妈安顿下来需要多长时间?"我问莉丝。

我们准备睡觉,正在鸟房里刷牙。为了节约牙膏,汀斯利舅舅往牙膏里掺了盐和小苏打。一旦你适应了这种牙膏,你就会觉得整个口腔都刷得很干净。

"需要时间先安顿下来,"莉丝说,"然后还需要时间来想想以后该怎么办。"

"那得要多久?"

莉丝漱了漱口,然后吐出来:"我们可能要在这儿待一阵子。"

第二天早上，莉丝告诉我，昨天晚上她没怎么睡好，因为她一直在想我们的处境。她说，非常有可能，因为任意原因，直到这个夏天结束，妈妈都还没准备好接我们过去。那意味着，我们要在百乐镇上学了。我们不想成为汀斯利舅舅的负担——他正按部就班地过着他的鳏夫生活。而且，虽然他还住在一所大房子里，但这个家族正在走下坡路，他的衬衫领子已经很旧了，袜子上还有洞。显然，他的预算开支里并不包括供养两个既未通知也未邀请就出现在他家门口的外甥女。

"我们得找工作。"莉丝说。

我觉得这是个好主意。我们可以帮人带小孩。我也可以找份送报的工作，就像在失落湖时那样。我们可以帮人刈草坪，捡院子里的树枝。我们也可以去杂货店做收银员，或者整理货架。

早饭时，我们告诉了汀斯利舅舅我们的计划。原本以为他会赞不绝口，没想到莉丝刚说了个开头，他就手一挥，似乎把整件事情都拒绝了。"你们是霍利德家的人，"他说，"不能像那些雇工一样，到处找活干。"他降低了声音。"或者像那些有色人种一样。"他补充说道："不然，我的母亲在坟墓里都要辗转反侧了。"

汀斯利舅舅说，好人家出来的女孩子要培养纪律，对自己、对家族的一种责任感，这种责任感要通过参加教会委员会，或在医院做护士助理志愿者来获得。"霍利德家的人不为别人工作，"他说，

"是别人为霍利德家工作。"

"但我们可能开学了还待在这儿。"莉丝说。

"很可能是这样。"汀斯利舅舅说,"我很欢迎。我们是霍利德一家。"

"我们需要校服。"我补充说道。

"校服?"汀斯利舅舅说,"你需要校服?我们有各种你要的衣服。跟我来。"

汀斯利舅舅领着我们上了三楼女佣的小房间,然后打开发霉的箱子和杉木板衣柜,里面塞满了发着樟脑丸气味的衣服:毛皮领大衣、圆点连衣裙、斜纹软呢夹克、有褶饰边的丝质衬衫、齐膝的百褶格子裙。

"质量都是最好的,手工定制,从英国和法国进口的。"他说。

"但是,汀斯利叔叔,"我说,"这些都过时了。没人再穿这种衣服了。"

"真可惜。"他说,"那是因为没有人会做这种衣服了。全是蓝色牛仔裤和聚酯纤维。我从来没穿过蓝色牛仔裤。那是农民穿的。"

"可是现在大家都这样穿。"我说,"都穿蓝色牛仔裤。"

"这就是为什么我们需要找工作的原因,"莉丝说,"为了买这样的衣服。"

"我们需要花钱。"我说。

"人们以为自己需要的东西,其实并不是他们真正需要的,"汀斯利叔叔说,"如果你真的需要什么东西,我们可以讨论。但你们并不需要衣服。我们有衣服。"

"你是说我们不能找工作吗?"莉丝问。

"如果你们不需要衣服,你们就不需要工作。"汀斯利舅舅的脸变得柔和起来,"你们需要走出家门。我需要把精力集中在我的研究上。骑上自行车,到镇里去,去图书馆,广交朋友,让自己成为有用的人。但别忘了,你们是霍利德家的人。"

我和莉丝走回谷仓。最近一段时间天气酷热难当,一大早来个淋浴多少能缓解缓解,萎蔫不振的醉鱼草灌木丛也一度恢复生气。

"汀斯利舅舅错了,"莉丝说,"我们确实需要找到工作。不止是衣服。我们得有自己的钱。"

"但汀斯利舅舅会生气的。"

"我觉得汀斯利舅舅并不真的介意我们找工作,"莉丝说,"他只是不想知道而已。他想假装我们都还活在以前的日子里。"

汀斯利舅舅补好了他小时候骑的那辆自行车的爆胎。跟妈妈那辆一样,也是施文牌的,不过是男式的,蓝颜色,有一个前灯和挂包。我和莉丝把两辆自行车推出车库,骑着到镇里去找工作。

我们忘了那天是七月四日。游行刚刚开始,霍利德大街两边全是人,很多家庭坐在路边折叠椅上吃着冰棍,手挡在眼睛上遮阳光,热情地朝行进中的穿着红白制服的镇高中乐队挥手。跟在乐队后面的是挥舞着拉拉球的拉拉队和舞动着指挥棒的女指挥，骑在马上穿着红衣服的猎狐者，一辆消防车，一辆满载着身着亮片礼服、挥手示意的女人的花车。最后是一群身穿各种军服的上年纪的男人，每个人看上去都很严肃和自豪，走在最前面的几个人手里握着一面很大的美国国旗。克拉伦斯叔叔身穿绿色制服，走在这群人中间靠右一侧，僵硬地移动着步子，看上去有点呼吸急促，却一直跟队伍保持同步。国旗经过时，人群中大部分人都站了起来，致敬。

"爱国者们来了。"莉丝学着妈妈的语气，低声讥讽道。

我沉默着。妈妈曾经参加过反战集会，那些抗议者在集会上焚烧国旗。多年来，她一直告诉我们美国的所有一切都是错的——战争、污染、歧视、暴力——但现在，这些错误的执行者全在这里，包括克拉伦斯叔叔在内。他们真心地为这面旗帜和这个国家感到骄傲。谁是对的？他们都有自己的想法。都对？有没有完全对和完全错的事情？莉丝似乎就是这么认为。平日里我的观点很明确，但现在我不那么肯定了。这个问题很复杂。

游行队伍走过去了，人们开始收起折叠椅，走到霍利德大街上。我们推着自行车往前走。我们看到怀亚特一家正沿着街道走过来。乔载着艾尔婶婶，她手里举着一面小国旗。克拉伦斯叔叔绿色制服的胸前口袋上有一枚勋章，打着补丁的军帽两边用别针收紧。

"我爱独立日，"拥抱完我们俩后，艾尔婶婶说道，"它提醒你，作为美国人我们是多么幸运啊。当我的杜鲁门回家时，他会和克拉伦斯并排走在游行队伍里。"

"但他在考虑延长服役。"乔说。

"为什么?"莉丝问,"我们正在输掉这场战争。"

"我们正在输掉家里面的这场战争,和那些该死的被宠坏的逃避兵役者。"克拉伦斯叔叔说,"那边的战争我们可没输掉。我们的男孩们只是想弄清楚如何取胜。他们干得非常出色。杜鲁门就是这么说的。"

说完,他转身扬长而去。

"我不是故意让他不舒服,"莉丝说,"可是,难道不是每个人都心知肚明我们正在输掉这场战争吗?"

我们沿着霍利德大街朝着山的方向走去。"人们有不同的看法,"艾尔婶婶说,"在这里这是一个敏感的问题。这一带有一种服务的传统。国家让你做什么,你就去做什么,而且要带着骄傲去做。"

"我毕业后就入伍,"乔说,"而不是等着选派。"

"我家克拉伦斯是在韩国服役的,"艾尔婶婶继续说道,"你爸爸也是,蚕豆。还得了银星勋章。"

"那是什么东西?"

"勋章。"艾尔婶婶说,"查理是个英雄。他跑进敌人的炮火中救了一个受伤的同伴。"

"你要入伍?"莉丝问乔。

"我们这儿的男人都会这样干。"乔说,"我想修直升机,学开飞机，就像杜鲁门那样。"

莉丝难以置信地盯着他，我怕她会说一些风凉话，所以换了个话题。"我们打算去找工作。"我告诉艾尔婶婶。

"这是一个艰巨的任务。"她解释说，现在百乐镇一带没有多少就业机会。住在山上的人铁定没有闲钱。她和克拉伦斯甚至买不起车，周围的邻居很多也是这样。戴维斯街和东大街住的多是医生、律师、法官和银行家，大多数家庭都雇了有色人种帮着做饭、洗衣、打理花园。小镇附近还住了一些退休了的人，可能做些零工，或者帮人整理整理庭院。

"有时我会做些琐碎的工作，但卖水果和废金属能赚更多钱。"乔说。

"不过，"艾尔婶婶又说道，"你们也许能找到工作，如果一切顺利的话。"

随后几天，我和莉丝敲遍了整个百乐镇的人家的大门。大多数住在山上的乡亲都抱歉地解释说，如今这年头，能每个月付清账单就算不错了，他们没办法把辛苦赚来的钱付给找工作的小朋友，那些活他们自己能干。在东大街和戴维斯街华丽丽的房子前，我们的运气并没有好到哪里去。很多时候，是穿着制服的黑人女佣来开门，其中一些得知我们要找她们正在干的活时，似乎很是吃惊。有一位上了年纪的女士聘请我们清扫庭院，干了两小时后，她给了我们每人二十五美分的报酬，表现得好像自己多么大方似的。

第二天结束时，莉丝想去看看百乐镇的图书馆，我则骑上自行车，去怀亚特家，告诉艾尔婶婶我们的工作找得并不顺利。

"不要气馁，"她说，"就在这儿等着，我有惊喜给你。"说完，她消失在大厅，回来时手里多了一个戒指盒。我打开盒子，里面是一个用红、白、蓝三色缎带悬挂着的星形奖章。

"查理·怀亚特的银星勋章。"她说。

我拿起勋章。那颗星是金子做的，有一个小花环，围着中间的一颗更小的银质小星。"他是一个战斗英雄，"我说，"有很多的英勇故事？"

"查理是一个相当健谈的人，但他从来没说过他是怎么得到这枚银星勋章的。其实，连那场可恶的战争，他也是只字未提。查理从来没有戴过这枚勋章，也从来没有告诉别人这件事情。他救了一个伙伴，但还有很多人，他救不了，这件事一直压在他心里。"

这时坐在艾尔婶婶旁边的小厄尔伸出了手，我把勋章递给他。他举起来，然后把那颗星放进嘴里。艾尔婶婶拿回来，用她的抹布擦了擦，然后还给我："你克拉伦斯叔叔留着它纪念他的弟弟。但现在它是你的了。"

"如果它对克拉伦斯叔叔这么重要，我不想拿走。"我说。

"不。"艾尔婶婶说，"我们聊过，克拉伦斯也想过，他觉得查理会希望他的小女儿来保管它。"

查理和克拉伦斯感情一直很好,艾尔婶婶继续说道。他们的父母是佃农,双双死于一场拖拉机事故中。那天晚上,他们在暴雨中抢收烟草作物,结果拖拉机在山坡上侧翻了。当时,查理六岁,克拉伦斯十一岁。没有哪家亲戚有能力养活两个孩子,而且因为查理太小,挣不来饭吃,所以没有人要他。克拉伦斯告诉愿意收养他的那家人,如果他们也能收养查理,只要是双手能做的活儿,他都会去做。那家人同意试试,之后克拉伦斯拼命工作,他辍学了,完全承担起了一个成人的责任。这对兄弟待在了一起,但那些年的艰辛岁月把克拉伦斯磨得心硬无比,他去纺织厂工作时,大多数女人都觉得他冷酷无情。

"而我看到的却是一颗受伤的孤儿的心。"艾尔婶婶说,"克拉伦斯只是不习惯被人关心而已。"

"我得去谢谢他把这颗星送给我。"我说。

"他在侍弄他的菜园。"

我走过怀亚特家位于厨房后面的又小又暗的客厅,从后门出去。克拉伦斯叔叔戴着一顶破草帽,跪在泥土里,正用一把泥铲捣鼓着作物底部的土壤,那儿种着几畦蔬果,有四季豆、系在桩上的西红柿,还有黄瓜藤。

"克拉伦斯叔叔,"我说,"谢谢你把我爸爸的银星勋章给了我。"

克拉伦斯叔叔没有抬头。

"艾尔婶婶说你们俩感情很好。"我补充说道。

他点点头,然后放下泥铲,转过身来。"有你妈这号疯子在世间,连他妈的上帝都要惭愧,"他说,"那个女人应该在自己额头上文上'麻烦'两字。遇到你妈是你爸爸这辈子碰到的最糟糕的事情。"

第十四章

第二天，我和莉丝继续找工作。百乐镇的房子大多数都比较旧，规模上不是豪宅，就是蜗居。那天傍晚时分，我们拐进一条街道，那儿的农场比较新，房屋是复式结构，带有顶过道、沥青车道，种有用松针覆盖物围着的小树苗。其中一幢房子的前院用铁丝网围栏围着，上面挂着汽车的轮毂。一辆锃亮的黑色轿车停在车道上，一个男人把头伸到引擎盖下，正在捣鼓着发动机，一个女孩坐在驾驶座上。

该男子冲着女孩大喊，让她发动引擎。她猛的一发动，引擎一声轰鸣，吓得他赶忙直起身，"砰"的一声，头撞到了引擎盖。他开始大骂起来，吼叫着，说女孩试图杀死他。然后他转过身来，看见我们。

"对不起，女士们。不知道你们在那儿。"他说，"我在修理这个该死的引擎，我的女儿帮不上什么忙。"

这个男人很高大。不胖，但是块头大，壮得像只公牛。他拉起身上穿的T恤，擦了擦脸，露出了宽阔的、毛茸茸的肚子，接着在牛仔裤上擦了擦手。

"也许我们可以帮忙。"莉丝说。

"我们正在找工作。"我说。

"这样啊,什么工作呢?"

那人走到我们站着的地方。他步伐笨重,却出奇地轻盈,仿佛只要他想,他就可以快速移动。他的手臂粗如火腿,手指也很粗,脖子比头还粗大,留着很短的金发,蓝色的眼睛很小,但很亮,阔鼻子,鼻翼翕动。

"随便什么工作,"莉丝说,"整理院子,带小孩,收拾房间。"

那个男人上下打量着我们:"我以前没见过你们。"

"我们几个星期前才来到这儿。"我说。

"家搬到这儿了?"他问。

"我们只是来拜访。"莉丝说。

"只是来拜访。"他说,"什么意思?"

"我们在舅舅家住了一段时间。"我说。

"为什么?"

"唔,我们只是过来和他一起过夏天。"莉丝说。

"我们在这儿出生的,"我说,"但一直没有回来过,因为还小。"

莉丝朝我使了个眼色,意思是我说得太多了,可如果我们不回答这个男人的问题,怎么能找到工作呢。

"哦,真的吗?"他说,"谁是你们舅舅?"

"汀斯利·霍利德。"我说。

"哦，真的吗？"他又说了一遍，身体前倾，好像突然来了兴趣。他块头太大，以至于当他靠过来，俯视我们时，感觉就像他把天空给吞了。"这么说你们是汀斯利·霍利德的外甥女喽？"他笑了，仿佛这个想法很有趣，"嗯，汀斯利的外甥女，你们叫什么名字？"

"我叫莉丝，这是我的妹妹，蚕豆。"

"蚕豆？这是什么名字？"

"一个绰号，"我说，"跟我的真名，琼，押韵。莉丝喜欢玩押韵，给事物取名。"

"是吧，莉丝，和琼押韵的蚕豆，我是杰里·马多克斯。那是我女儿，辛迪。"他朝她打手势，"辛迪，你过来，见见汀斯利·霍利德的外甥女。"

那个女孩从车里下来。她比我小几岁，很瘦，头发跟她爸爸一样，也是金色的，长至肩膀，走路有点跛。马多克斯先生搂住她的肩膀。我和莉丝跟她打了声招呼，我朝她笑。她也跟我们打了下招呼，却没有笑，而是用跟她爸爸一样的蓝眼睛盯着我们看。

"唔，我也许有工作可以提供给汀斯利·霍利德的外甥女。"马多克斯先生说，"只是也许。你们俩谁会开车？"

"妈妈让我在车道上开过。"莉丝说。

"妈妈？那就是汀斯利·霍利德的妹妹喽。"

"是的，"莉丝说，"没错。"

"夏洛特·霍利德，如果我没记错的话。"

"你认识她？"我问。

"从来没见过，不过听说过。"他又笑了笑，那样子似乎在证明汀斯利舅舅所言不虚——这个镇子的每个人都知道妈妈的故事。

马多克斯先生让莉丝坐到刚刚辛迪坐的驾驶座上。他告诉我们，能坐在庞蒂亚克勒芒牌汽车方向盘后面，是莉丝的荣幸，那可是底特律出产的最经典的车之一，不过只有真正的爱好者才懂得欣赏它，那些笨蛋只会迷恋 GTO 跑车，只因为它更贵。他让莉丝发动引擎，熄火，操作转向灯，踩踩刹车，同时让我绕着勒芒检查所有的车灯。然后他叫莉丝加大油门。他检查了计时器，调整了化油器，试了试安全带。他加油时，让我握住漏斗。辛迪站在旁边，默默地看着这一切。

终于，马多克斯先生满意地站了起来，"砰"的一声合上了引擎盖。"都调好了，可以跑了，"他说，"你们俩做得很好。"他从裤子口袋里拿出一沓钱，快速翻动。"本来想找面额小点的，但我只有十元和二十元的，"他说，"哦，有了。"他掏出两张五元的，给我们一人一张。"我想我们可以一起工作，"他说，"周六吃完午饭过来吧。"

"我说过，我们会找到工作的，"莉丝在回家的路上这么说道。事实上，她是在欢呼。"我不是那么说的吗，蚕豆？"

"当然。你总是对的。"

中途,我们经过一块地,那儿有两只鸸鹋。通常情况下,要么看不到它们,要么它们待得远远的,但现在它们沿着马路右边的栅栏线走过来。

"瞧,"我说,"它们想认识我们呢。"

"妈妈会说那是一种征兆。"莉丝说。

我们停下来观察那两只鸸鹋。它们故意走得很慢,歪着头,长长的脖子摇来摆去。头的两侧有卷曲的青绿色条纹,小翅膀发育不良的样子,脚上有鳞,爪状的脚趾很是尖利。喉咙深处发出的咯咯声一点不像鸟儿发出的声音,是我从来没有听过的。

"它们好怪异啊。"我说。

"是很怪,但很美。"

"太大了,都不像鸟了。有翅膀,却飞不了。它们看上去就像不该存在似的。"

"这才显得它们特别。"

第十五章

周六我们出现在马多克斯家门口,辛迪开的门。我向她打招呼,但她扭头喊道:"她们来了。"

我们跟着辛迪进了屋。客厅里到处是箱子和家电,包括一台落地式彩电,上面还有一台便携式黑白电视。两台电视都开着,但播放的频道不同,上面那台黑白的调成了静音。一个一头灰褐色金发的孕妇,正坐在一张黑色的瑙加海德革沙发上照顾一个个儿很大的婴儿。她抬头看着我们,大声喊道:"杰里。"

马多克斯先生从后面走出来,介绍说那个女人是他的妻子多丽丝,并示意我们跟着他走到大厅。马多克斯家的房子有趣的是,墙上没有任何东西:没有画,没有海报,没有留言栏,没有家人的照片,没有幸福语录或《圣经》段落,只有赤裸裸的像医院里的墙那么白的墙。

马多克斯先生领着我们进到一个卧室,那儿已经变成了办公室,堆了更多的箱子以及灰褐色的铁皮文件柜,还有一张金属桌。他坐到办公桌后面,指了指前面的两把折椅。"请坐,女士们。"他说。他拿起一摞文件夹,在桌上轻轻叩了叩,然后滑进抽屉里。"很多人为我工作，"他继续说，"我总要问清楚他们的背景。"他解释说，他是一家纺织厂的管理者，但他在外面也有业务往来，涉及复杂而敏感的金融和法律事务。他需要信得过的人为他工作，他们可以来他家，进这个办公室——他就是在这儿处理外面业务的。为了充分信任为他工作的人，他需要知道他们是谁。他把这称为尽职尽责，说它是精明的商人的标准操作程序。"我不能允许雇人后出现什么意外事情，给我添乱。当然，信任是相互的。关于我或我作为雇主的资质，你们有什么要问的吗？"他停顿了一下，"没有？好吧，那么，介绍一下你们自己。"

我和莉丝互相看了对方一眼。她犹豫地开始解释我们做过的兼职工作，但马多克斯先生还想知道我们的背景，我们的教育经历，我们的家务事，妈妈的当家，还有妈妈这个人。马多克斯先生专注地听着，他一旦感觉到莉丝在回避什么事情，便用尖锐的问题聚焦其上。当莉丝告诉他一些个人的和不相关的事时，他说，很多工作都需要进行安全检查和背景考核，这是其中之一。他会以最大的信心处理我们告诉他的一切事情。"你可以相信杰里·马多克斯。"他说。

看来是不可能不回答他的问题了。有趣的是，似乎没有什么事情让他惊讶或不安。事实上，他极富同情心又善解人意。他说，妈妈听起来像一个有才华，很迷人的人。他吐露说，他自己的妈妈是一个很复杂的女人，非常聪明，却喜怒无常，一天结束回家时，他从来不知道等着自己的是一个拥抱呢,还是一顿鞭打。

我们一下子就打开了话匣子。马多克斯先生很快从我们嘴里套出了整个故事——妈妈离家出走、怪人出现、横穿全国的汽车之旅。他想知道妈妈究竟为什么会离家出走,她崩溃的真正原因。最后我告诉了他关于马克·帕克,一个编造出来的男朋友的事。我还告诉他我们在新奥尔良如何躲避那个恶心的变态,心想我和莉丝的处理方式一定会让他印象深刻。

这正是他所用的词。"让我印象深刻。"他说。他身体后倾,两手交叉枕在脑后,"我喜欢知道如何处理困境的人。你们获聘了。"

我们就这样开始为马多克斯工作了。

第十六章

我主要是为多丽丝·马多克斯工作。她脸上有些雀斑，眉毛和睫毛全白色，灰褐色金发束成短短的马尾辫。她比妈妈小几岁，是那种用妈妈的话说，就是稍微打扮一下还是相当漂亮的女人，但她却穿着褪色的棉质家常便服，趿着一双卧室拖鞋，看那样子很难一路都穿在脚上。

除了女儿辛迪，多丽丝还有两个儿子，一个是三岁的小杰里，一个是婴儿兰迪。她肚子里的是第四个孩子。她大部分时间都是坐在沙发上一边抽着沙龙香烟，喝着RC可乐，一边看电视，上午是游戏节目，下午是肥皂剧，同时还照顾兰迪。马多克斯先生在时，多丽丝几乎不怎么说话，他一离开，她就话多了，大多是抱怨游戏节目太白痴，或者骂故事片——她这么称呼肥皂剧——中的荡妇。她也会抱怨马多克斯先生，说他就知道告诉她要做什么，还说他深更半夜还待在外面，不知道和谁混在一起。

多丽丝没空时会让我照顾兰迪，还有三岁的小杰里。我的职责包括给他们换纸尿裤，给兰迪加热小罐装的嘉宝牌婴儿食品，给小杰里加热意大利面——他只吃意大利面和香肠乳酪三明治，还有就是跑到店里帮多丽丝买 RC 可乐和沙龙香烟。此外，我还要洗衣服、叠衣服、打扫浴室、擦地板。多丽丝说我是一个勤奋的好员工，因为我会跪下来擦洗。"你知道吗，大多数白人是做不到的。"

马多克斯先生很着迷新产品和高科技小玩意，屋里塞满了垃圾压缩机、空气消毒除臭剂、吸尘器、爆玉米花机、晶体管收音机和高保真音响系统。大多数箱子里装的是家电，很多都还没打开过。家里有两台洗碗机，马多克斯先生觉得这样更高效。他说，可以用一套洗一套，一套还在洗，已经洗好的直接从另一台洗碗机里拿出来用，而不必浪费时间放到碗橱里。

马多克斯先生总想着这种事情。他会找出更高效的做事方法，改良后让大家按照新方法去做。他告诉我们，这就是工厂雇他的原因，为了提高效率。为此，他将不得不踢下面人的屁股，他也确实踢了一些人的屁股，才达到效果。

马多克斯先生还迷上了法律。他订了几份报纸，会剪下涉及诉讼案、破产、诈骗，以及取消抵押品赎回权的文章。他还有一个副业，就是买下旧磨坊，然后租出去。他在某条街上有几套房子，试图让镇里把这条街道更名为马多克斯街。他还有一个生意，就是借钱给等不及下个月发工资的工人。他说，时不时地，他就得采取法律行动对付那些欠钱的，或者试图骗他，或者想把他当傻瓜的家伙。

马多克斯先生的很多业务往来都需要开会。我在家里帮多丽丝干活的时候，莉丝则跟着马多克斯先生开着黑色勒芒车到处收租金，或者在酒吧、咖啡厅和办公室开会。他跟人介绍说她是他的私人助理，霍利德家的莉丝·霍利德。莉丝帮他拿公文包，递给他需要的文件，做笔记。回到家里，她要整理文件，打电话安排约见，接电话。他让她告诉电话那头的人，他在开会，这样他就可以躲开不想理睬的人，而给想理睬的人留下深刻印象。

我们的工作时间从来不固定。马多克斯先生会告诉我们，下次他什么时候需要我们。我们的工资发放也没有规律。马多克斯先生根据我们当天工作的努力程度给我们支付他认为我们应得的工资。莉丝觉得应该按小时支付，但马多克斯先生说，以他的经验看，这种付酬方式只会滋长懒惰情绪，只有根据工作努力程度支付报酬，人们才更有动力去努力工作。

马多克斯先生也会给我们买衣服。一天早上我们去工作时，他送了我们每人一条淡蓝色的连衣裙，说是奖金。一周后，他居然带莉丝去店里，让她试了几套衣服，最后选了一套他最喜欢的。

我们不需要天天穿那件淡蓝色连衣裙，只有在马多克斯先生要求我们穿时才穿。我不是特别喜欢这条裙子，感觉就像制服。我宁愿得到的是现金奖励，但马多克斯先生说，我在他家里干活，而莉丝代表他和生意伙伴见面，我们的穿着方式必须他觉得合适才行。而且，他补充说，衣服的价格比他愿意给我们的现金奖励要多，所以我们赚了。"这可是我给你们的大红包。"他说。

马多克斯先生就是这样，他总是让你很难辩驳。可恨。

第十七章

工作没多久,我就发现,多丽丝和那些孩子除了去前院,几乎就没离开过这幢房子。有时候,我坐在门前台阶上看着辛迪、小杰里和兰迪,研究钢丝网围栏上挂着的大量的车轮毂。一排排的车轮毂能产生一种催眠的作用——闪亮、粗大,像带有辐条或箭头或旭日图案的盾牌——阳光照在上面,让人头脑发昏。

有趣的是,甚至当孩子们在院子里时,他们也没有真正在玩。在弗吉尼亚阳光照射下,他们只是坐在草地上,或塑料玩具车上,盯着正前方,无论我怎么努力,都无法让他们假装在开车,哪怕发出一两声汽车声。

但他们甚至很少到院子里去。其中一个原因是马多克斯先生和多丽丝都对细菌保持着一种极度的洁癖。这就是为什么他们经常让我擦洗墙壁、地板和台面的原因,他们比我知道更多的清洁产品:氨水、高乐氏、来苏尔,针对地毯、皮革、玻璃、木材、水槽、厕所、垫衬物、镀铬、黄铜使用不同的清洁剂,甚至还有专门去除领带上的污渍的喷雾器。

辛迪·马多克斯对"脏"这个概念最敏感。如果其他食物碰到了她的食物，她就不吃。汉堡上的油脂不能弄到土豆上，罐装玉米不能碰到肉糜卷。她不吃鸡蛋，因为蛋黄和蛋白在一个壳里。辛迪也不喜欢有东西碰到她的玩具。她的大部分娃娃还待在盒子里，一字排开在房间的架子上，从玻璃纸后面往外凝视。

辛迪是马多克斯家唯一的学龄儿童。但因为她害怕染上细菌，她父母便让她在家受教育。上次测验没考好，所以即使是夏天，她还有家庭作业。但辛迪对学习不是很感兴趣，而多丽丝对教育子女也不是很有兴趣。平时她们俩坐在瑙加海德革沙发上一起看电视。有时，多丽丝会让莉丝或我给辛迪读书。辛迪喜欢别人读书给她听。碰到不好的故事结局时，她还喜欢让莉丝改变结局，比如让卖火柴的小女孩活下去，而不是冻死，或者救下独腿的锡兵和纸做的芭蕾舞演员，而不是让他们在火中灰飞烟灭。

多丽丝要我辅导辛迪，她自己知道怎么读，但似乎不怎么喜欢。有一天，我让她读一年级的课文。她很好地读完了一章，但是当我问她的想法时，她一副茫然的样子。我问了她几个问题，发现她压根不懂自己刚刚读的是什么。一个单词一个单词，她完全没有问题，但却无法串连在一起，理解整句话的意思。就像她对待食物一样，她也是一个一个地对待每一个单词。

我正努力向辛迪解释，每个单词的意思如何取决于其他单词——一只狗的叫声不同于一棵树的树皮①，突然从卧室里传来马多克斯先生朝多丽丝大喊大叫的声音。他喋喋不休地说她如何不再需要什么新衣服。她想取悦谁？或者她想勾引谁？我看了看辛迪，她一副完全没有听到的样子。

马多克斯先生走进客厅，手里拿着一个纸箱，他把它交给我。"把它放到勒芒车上。"他说。

纸箱里是多丽丝的三件褪色的家居服和一双便鞋。多丽丝穿着睡衣出现在过道上。"那些都是我的衣服，"她说，"我没有别的穿了。"

"它们不是你的衣服，"马多克斯对她说，"它们是杰里·马多克斯的衣服。谁买的？杰里·马多克斯。谁辛辛苦苦赚钱买的？杰里·马多克斯。所以，它们属于谁呢？"

"杰里·马多克斯。"多丽丝说。

"对了。我让你穿的时候，你才穿。就像这幢房子。"他挥舞着双臂，"谁拥有它？杰里·马多克斯。但我让你住在这儿。"他转身面对我："去把那个箱子放进车里。"

我感觉自己被卷入了他们的战争中。由于我主要是为多丽丝工作，我瞥了她一眼，看看她要我怎么做，心中有点希望她让我把那个箱子给她。但她只是站在那儿，一副被打败了的样子，所以我拎

---

① Bark 一词有"树皮、狗吠"的意思。

着箱子走到过道,把它放进勒芒车的后座上。

我关车门时,马多克斯先生走了出去。"你觉得我对多丽丝很苛刻,对吗?"他说,"是有原因的。她是那种需要约束的人。"他第一次见到多丽丝时,她看上去很放荡的样子——马多克斯先生接着说——浓妆艳抹,裙子短得不能再短,男人们都想占她的便宜,"我不得不干涉,以保护她。现在我还是这样。如果她想出去我就让她出去,她一定会回到老路上。没有衣服,她就不能出门了。如果她不出门,她就不会惹上麻烦。我不是吝啬。我这样做是为了她好。你明白吗?"

他直直地盯着我。我只能点点头。

第十八章

马多克斯先生说，接下来的几天，我不用帮多丽丝做事了，但他希望莉丝去，所以第二天早上，我骑着我那辆施文牌自行车去了怀亚特家，看看乔是不是起床出去四处扫荡水果了。

乔刚吃完早餐。艾尔婶婶也给了我一盘——肉汁淋在饼干上，用熏肉熬出的油煎鸡蛋，直到香脆得像法式炸薯条。她给乔倒了一杯咖啡——他喝了清咖啡，然后问我要不要来点。

"啊，"我说，"小孩不能喝咖啡。"

"这儿的小孩喝。"乔说。

艾尔婶婶给了我一杯牛奶，还往里加了少许咖啡和满满两茶匙糖。"尝尝。"她说。

我喝了一口。牛奶和糖冲淡了咖啡的苦味，就像一杯加了点调料的苏打饮料。

"你们找到什么工作了吗？"艾尔婶婶问。

"当然，"我说，"你的老板，马多克斯先生，现在是我们的老板了。他雇了我和莉丝帮他料理家务。"

"真的吗？"艾尔婶婶端着她的咖啡坐了下来，"我不确定听到这个消息时我的感觉是什么。杰里·马多克斯待人很狠。在工厂也是这样,大家都很讨厌他。我们家露丝也曾经替他家干过,但她后来也受不了了。她可是个与人为善的人。"

"马多克斯先生是唯一给我和莉丝提供工作的人。"我说,"他一直没有对我们太苛刻,倒是对他妻子呼来喝去,做的事情挺可怕的。"

"那个人可是老奸巨猾。你们替他工作,你们的汀斯利舅舅难道不介意吗?"

"确切地说,我们没有告诉汀斯利舅舅。"说完,我喝了一大口手里的牛奶咖啡,"他不希望我们找工作。他说,我们是霍利德家族的人,而霍利德家族的人不为别人打工。可我们需要钱。"

"这个我听你们说了,"她说,"但是你们应该知道一下马多克斯先生和你舅舅之间的恩怨。"

艾尔婶婶解释说,马多克斯先生是从芝加哥来的新业主带来的管理人员之一。根据和这些买家达成的协议,汀斯利舅舅留下来担当顾问,因为他了解这家工厂的运作,而且和客户及工人都相处了很久。但很快,他就和马多克斯先生发生了冲突。马多克斯先生负责车间生产,新业主让他尽一切可能降低成本,提高产量。他戴着秒表,整天撵着工人,催他们加快速度,除去一切不必要的动作,每双袜子折叠的时间从三秒减为两秒半,有人上厕所他就骂,而且还要求工人在工作台上吃午饭。他宣布说,他打算每个月解雇五个最慢的工人，直到裁掉一半的人。

正是在马多克斯先生的建议下，新业主解散了棒球队，取消了圣诞节免费火腿的福利。然后，他又撺掇他们抛售了原来租给工人的房子，自己却低价吃进，再提高租金，转租出去。

在这家工厂讨生活从来没有容易过，艾尔婶婶说，但大多数情况下，工人们相处都还融洽，觉得大家是在同一条船上。但马多克斯先生出现后，开始裁员，以前的朋友开始互掐，甚至为了保住自己的工作以养家糊口，甚至出卖或告发身边的同事。

艾尔婶婶说，霍利德先生坚持认为，马多克斯先生的很多新举措弊大于利。他认为，马多克斯先生让工人陷入更糟的处境，这样会让他们缺乏动力。这意味着他们会对产品缺乏自豪感，甚至不时地会破坏机器，以从高强度的工作中争得片刻的休息。他和马多克斯先生不停地发生龃龉，争论什么才是管理这家工厂的最佳方式。终于有一天，他们在车间里爆发了一场口水战。霍利德先生向新业主投诉，但他们站在马多克斯先生那边，霍利德先生被迫离开了工厂。

"这家工厂以他的名字命名，"艾尔婶婶说，"他的家族建立、拥有、经营了近一个世纪。在这之后，百乐镇的很多人都开始避开你舅舅。"

"但他并没有做错什么。"我说。

"没错。但马多克斯先生赢得了这场战争，他掌控着一切。"

"我想这就是汀斯利舅舅有点不愿与人来往的原因。"

"短短几年,他就先后失去了父母、妻子和工厂,"艾尔婶婶说,"这个可怜人失去了太多的东西。"

我把最后一口鸡蛋和饼干消灭了。"也许我们应该告诉汀斯利舅舅,我们正在为马多克斯先生工作。"我说。我把盘子拿到水槽去洗,"我觉得很不安。他一直对我们很好,而我们却背着他偷偷摸摸做事。"

"我没有立场发表意见,"艾尔婶婶说,"大多数情况下,当人们请教别人的意见时,往往已经知道该怎么做了。他们只是想从别人嘴里听到这样的话而已。"

"这话已经够有说服力了。"乔说,"走吧,亲,我们去弄点苹果吃。"

那天晚上在鸟房,我告诉了莉丝艾尔婶婶说的马多克斯先生和汀斯利舅舅之间的嫌隙。"我觉得不该为汀斯利舅舅讨厌的人工作。"

"我们需要钱。"

"他让我们留下,还分享他的炖菜,而我们却对他撒谎。"

"我们没有说谎,我们只是没有告诉他一切事情。"莉丝说。你看吧,她接着说,如果汀斯利舅舅现实点,承认我们需要钱买校服和学习用品,那是一回事。但如果他假装我们可以穿着四十年代初入社交界时穿的衣服，也不用担心没钱买教科书和午餐，那我们只能做我们该做的，"你没必要把所有事情都告诉别人。保密和说谎是两码事。"

莉丝说得也有道理，但我还是觉得不舒服。

第二天下午，莉丝下班回来，说她问了马多克斯先生关于他和汀斯利舅舅之间的冲突。马多克斯先生告诉她，他和汀斯利舅舅确实在如何管理工厂上存在一些分歧。马多克斯先生说，汀斯利舅舅辩不过他。早先他之所以没有提这档子事，是因为他不想让我们觉得他在说我们舅舅的坏话。但是汀斯利舅舅，或镇上的其他人说他坏话，他并不太惊讶。如果我们想听，他会很乐意给我们讲真实的故事。

"我觉得我们应该接受他的提议。"莉丝说。

第十九章

我很高兴马多克斯先生愿意讲述他的版本。毕竟，他是老板，而我们是需要钱的人。他不欠我们任何解释，这让我觉得他是在意我们对他的看法的。

有时，马多克斯先生整个白天都在纺织厂里，有时晚上和周末才过去，这让他平日里就能经营其他生意。特别是这个星期，他下午上班，上午没事儿，所以第二天吃完早饭，我和莉丝骑上自行车到镇里，然后把车停在马多克斯先生的车库，旁边就是他的那辆锃亮的黑色勒芒。像往常一样，多丽丝在看电视，她和孩子们坐在瑙加海德革沙发上看动画片。

马多克斯先生在他的办公室里，他坐在办公桌后，正把一张张纸塞到一台机器里，粉碎成细面条一样的纸条，然后再吐到废纸篓里。

"一定不要把纸揉成一团就扔出来，"马多克斯先生说，"你的对手会翻你的垃圾桶，找到可以对付你的东西。即使是无害的东西，他们也会扭曲和歪曲。你必须保护自己。"

马多克斯先生碎完最后一张纸。他的办公桌很干净，他喜欢这样。莉丝的工作之一就是确保他的所有文件都归置在文件柜正确的文件夹里。这些文件柜,他都是上锁的。

"那么,你们是想听我和你叔叔之间发生的事情喽?"他问道,"我并不意外。让我惊讶的只有一件事,你们竟然花了这么久的时间做决定。"

马多克斯先生起身关上了门。"我很乐意告诉你们,"他说,"但你们得先告诉我一件事。"他从柜子里拿出两把折叠椅,让我们坐下。接着他把自己的椅子挪到距离我们只有几英寸的位置:"你们的汀斯利舅舅知道你们在为我工作吗?"

莉丝和我交换了一下眼色。"不完全知道。"她说。

"我就说嘛,应该是这个样子。"

"我们本想告诉他,"我说,"但是……"

"但是他可能会不太高兴。"马多克斯先生说。

"我们爱汀斯利舅舅。"莉丝开口道。

"但有时汀斯利舅舅看待事情,并不按照它们本来的样子。"马多克斯先生说,"有时汀斯利舅舅看不出什么事情是必须要做的。"

"没错。"莉丝说。

"所以我认为你们不告诉他是对的。"马多克斯先生说。他笑了笑。当他发现某件事情背后很有趣时,他就会露出这种微笑:"让它成为我们之间的秘密吧。"

"但还有人知道。"莉丝说,"你一直介绍说我们是汀斯利·霍利德的外甥女。"

"还有，我告诉过我的艾尔婶婶。"我说，"还有乔·怀亚特。"

"怀亚特家的人。"马多克斯先生说，"妻子上夜班。丈夫是个懒骨头，说自己得了白肺病。他们的女儿以前还帮我们带过孩子。然后就开始丢东西了，我们只好让她滚蛋。"他靠在椅背上，拍了拍椅子的扶手，"不管怎么说，只有几个人知道你们在替我工作，并不意味着，你们的舅舅就会发现。这些日子，他很少出来走动。就算哪天他知道了，我们也能对付过去。我猜，这么说，你们会觉得跟你们舅舅打交道对我来说是一件很头痛的事情。"

马多克斯先生解释说，芝加哥公司之所以把他带过来，是因为这家纺织厂正在亏本。新业主说，有两种选择，一是削减百分之三十的成本，竭力维持利润空间；二是彻底关闭工厂，把机器拆开，卖给亚洲的一家工厂——织布机和所有东西。

"工厂的工人恨我解雇了他们的朋友，"马多克斯先生说，"事实是，他们应该匍匐在地，我让他们亲哪儿，就亲哪儿，感谢我保住了他们的工作。亚洲的工人愿意为了一小时二十美分的工资当牛做马，他们靠我们的零头在过活。而你舅舅却大惊小怪，整天在我耳边嗡嗡嘤嘤，说什么应该保留棒球队，浴巾的质量不如从前啦。好像现在的人对质量很挑剔似的。他们只是找个东西擦屁股而已，只会在意价格。"

马多克斯先生身子前倾，粗壮的胳膊撑在膝盖上，用他那双深蓝色的眼睛在我和莉丝之间来回扫视。"所以,"他说,"汀斯利叔叔舅舅不得不走人。"他又笑了。"听说他现在忙得跟陀螺似的。"他说。他伸出食指,在空中做了一个旋转的动作:"呜,呜,呜。转啊转。像个娘里娘气的小芭蕾舞演员。"

马多克斯先生站了起来,双臂举过头顶,装模作样地做了一个脚尖旋转的动作。然后他坐了下来。"不要误会我的意思,我觉得你们的舅舅是个好人,但不得不承认有时他的判断力很糟。"他看着我们俩,"唔,难道不是吗?"

我转过椅子。莉丝正在研究她的指甲。我们没话可说。

第二十章

妈妈每个星期会打一次电话来，先是跟莉丝说，然后是我。她说，纽约的生活很让人兴奋，但挑战也是超出她预期的更多。东西贵是一方面。她唯一能租得起的公寓厨房里有一个浴缸，所在的小区很破烂，只有一间很寒酸的学校。大多数纽约人家的小孩上的都是私立学校，这种私立学校的费用超出了我们的预算。她解释说，莉丝和我应该上那种专门招收有天分的学生的特殊公立学校，但是今年要申请的话，已经迟了，所以我们只能在百乐镇开始我们的新学年了——汀斯利舅舅曾经说过，他很乐意让我们待在梅菲尔德——等她在有好学校的小区找到便宜公寓时，她就会把我们接到纽约，三人帮就能重新在一起。

我很乐意这种安排。老实说，我开始有点厌烦妈妈。现在是八月初，每当我想找个大人说话时，我就会去找艾尔婶婶。我们和厄尔坐在餐桌旁，她从自制的一壶冰茶里倒出来一玻璃杯，说她小时候住在家庭农场里，因为天旱，玉米发不了芽，她爸爸让孩子们挖出仁来第二年好种。她还说了我爸爸的故事，什么他从废车场捡来零件，重新组装出一辆整车，什么他在桥上倒过来抱露丝，这样她就不会恐高了，什么他用摩托车载着艾尔婶婶，她不小心把脚伸进车轮的辐条里，结果鞋子被撕成了碎片。

克拉伦斯果真是个脾气很糟的人，我想艾尔婶婶说的是对的，是艰难的生活造就了他的坏脾气。可是，在我看来，艾尔婶婶过得也很苦——上着夜班，干着妈妈口中无出头之日的工作，然后赶回来给一家老小做早餐，接着抓紧时间睡上几个钟头的囫囵觉，再给他们做中饭。脾气暴躁的丈夫是残疾，一个儿子上了战场，最小的儿子又有点发育不良，但她从来不抱怨。相反，她总是说她很幸福，说上帝给她的生活带来了那么多美妙的事情，比如我的突然出现。而她最大的幸福就是拥有这些孩子，艾尔婶婶说得最多的也是他们——杜鲁门，骄傲的军人；乔，能做成一心想做的任何事；露丝，整个夏天都在照顾艾尔婶婶的妹妹，打算找一份很好的办公室工作；还有她那有点特别的小厄尔。她爱他们，他们也爱她。"我发誓，他们一定认为我很厉害呢。"她不止一次这么对我说。

在妈妈说我们要在百乐镇开始新学年后不久，一天，我骑车去怀亚特家。我走进厨房时，艾尔婶婶正坐在餐桌旁看信。她说，是露丝写来的。艾尔婶婶的妹妹的脑膜炎已经好了，露丝想过几天就回家，她很期待见到我和莉丝。然后艾尔婶婶打开了厨房台面上的一个鞋盒，拿出用橡皮筋扎着的一捆淡蓝色航空信件。"都是杜鲁门的信，"她说，"他每个星期都会给我写信，从来没有断过。"

杜鲁门在最近的一封信里告诉她，他喜欢上了一个不错的越南姑娘。他想向她求婚，并把她带回弗吉尼亚。他希望艾尔婶婶能回信，告诉他她的想法。"如果你在几年前问我，我可能会说，我不确定百乐镇已经准备好接受这种事情，但是现在很多东西都变了，所以我让他祈祷，如果上帝让他这么做，我会张开双臂欢迎那个女孩。"

艾尔婶婶小心地将那捆航空邮件连同露丝的信放回到鞋盒子里。

"我也有消息要告诉你，"我说，"看来我和莉丝今年秋天要在百乐镇高中上学了。"

"亲爱的！"艾尔婶婶给了我一个大大的拥抱，"我真的太高兴了，你们能和我们在一起，不用去那个大城市了。"

"妈妈说纽约的生活比她预想的更具挑战性。"

"我相信。"艾尔婶婶哈哈大笑起来，"说到挑战，这些日子你们不也在经历吗？不管我们喜欢与否，今年我们都在努力消除隔阂。"

她接着说，早在五十年代，最高法院就裁定，黑人孩子可以到白人学校上学。然而，在几乎所有的南方小镇，黑人孩子还是去黑人学校，白人孩子还是去白人学校。

艾尔婶婶说话的时候，克拉伦斯叔叔从菜园里进来。他脱下草帽，擦了擦额头，在水槽接了杯水，喝了一大口。"每个人都可以自由地选择要上的学校，他们选择有同类人的学校，"他说，"那是自然的。白鸭子和白鸭子在一起，绿头鸭和绿头鸭在一起。这就是所谓的选择的自由。还有什么比这更有美国特色？"

"最高法院可不这样看。"艾尔婶婶说。去年，法院下令所有南部学校强制整合。所以百乐镇的管理者关闭了尼尔森高中——过去五十年里，这所学校一直是黑人学校——并把它变成了职业学校。今年开始，尼尔森高中的学生要去百乐镇高中上学。

"这是那些该死的哈佛人干的，"克拉伦斯叔叔说，"他们发动了这场战争，让我们的孩子去打，之后他们改变了对战争的看法，把唾沫吐到我们为国效力的孩子们脸上。现在他们又跑到这里来，告诉我们怎么管理学校。"他咳嗽了一下，把剩下的水倒进水槽。"越说我越火得不行，我还是回去弄我的西红柿。"他拿起草帽，一路上都在喃喃自语："鸭子都比那该死的最高法院更讲道理。"

第二十一章

那个星期后半截的一天早上,马多克斯先生没有工作让我们做,于是我和莉丝骑车去了厂山。我们把车停在怀亚特家前院时,一个和莉丝年龄相仿的高个年轻女子跑了出来。她脸上荡漾开的笑容像极了艾尔婶婶,长长的黑发用发卡别在后面。她戴了一副塑料材质的猫眼眼镜——这种眼镜只有老妇人才会戴。

"你们一定是莉丝和蚕豆。"她大声喊道,手在围裙上擦了擦,给了我们一个骨头都要挤碎的怀亚特式拥抱,"我是露丝,我一直盼着见到你们呢。"

露丝领着我们进了屋,她解释说现在是收获季节,她和她妈妈正在把食物往罐子里装。厨房餐桌上堆满了红的、绿的、橘黄色的和黄色的番茄。厄尔正在把玻璃罐在台子上排成一排排,艾尔婶婶则在一个很大的蒸锅里搅拌着。

"这些番茄都是克拉伦斯叔叔种的吗?"我问。

"所有都是爸爸种的,现吃现摘,新鲜着呢。"露丝说。

"这么多张口要喂,远远不够。"艾尔婶婶说,"乔给我弄来了罐装番茄。"她开始用勺子把炖烂了的番茄舀到罐子里去。"我知道有人对我儿子做的事指指点点，"她说，"可是他带回家的食物帮着喂饱一家人，那些该死的农民种的东西总是能卖剩下。"

"妈妈说，你们今年秋天要在百乐镇高中上学，"露丝说，"真见鬼，很多白家伙，包括爸爸，对学校整合的事情大惊小怪。"

"我不明白。"我说，"这有什么大不了的？加州的学校经常有墨西哥孩子，他们跟其他人一样，不过就是皮肤颜色深些，爱吃辛辣的食物。"

"在咱们这儿是有点复杂。"艾尔婶婶说。

"百乐镇上有些人说整合这件事实际上是好事。"露丝继续说道。她解释说，到时候百乐镇高中足球队可以把尼尔森中学所有那些高大、强壮、速度快的黑人男孩吸纳进来，他们可能会带领我们进入状态。如此，就要削减白人球员，给黑人球员留出位置。百乐镇高中的拉拉队员都有男朋友在球队里，她们说，如果她们的男朋友被踢出球队，她们就会退出拉拉队，她们可不想为一群窃据了她们男朋友位置的有色人种欢呼打气。

露丝说，拉拉队员全都来自富裕家庭，都是什么医生、律师、汽车经销商——拥有一间乡村俱乐部——的女儿。厂山的男孩有时也能进入足球队，但却从来没有厂山来的女孩加入过拉拉队。从来没有。拉拉队员必须是某类型，而该类型在厂山上找不到。厂山上的所有女孩都知道这一点，所以她们甚至从来没有尝试过做点什么。

"到目前为止,情况就是,"露丝说,"如果有那么几个这样的人退出拉拉队,她们自己说不愿为那些黑鬼扭屁股——原谅我说脏话,她们就是这么说的,我知道你不会这么叫他们的——那么,其他人就有机会进入拉拉队了。"她把艾尔婶婶装满了的罐子拧上盖子,"整合这件事给了其他人一丝希望。所以,我打算努把力,争取闯进拉拉队。我不介意为有色人种呐喊助威。"

还有几个厂山的姑娘想进拉拉队,她们打算过阵子聚在一起排练一番。"你们俩为什么不一起来呢?"露丝问。

"好啊。"我说。

"当然。"莉丝说,她的心思不在某件事情上时就是这种语气。

"嗯,那么,"露丝说,"我们得打理一下你们的头发。"

"你们聊吧,"艾尔婶婶说,"我这儿弄好了。"

露丝领着我们来到屋后,那儿的走廊有一部分被改造成了一间有着斜的天花板的卧室,小得几乎无法同时容纳我们三个人。她的梳妆台上有一张照片,是一个戴着黑框眼镜,身穿卡其色制服的男子。"这是杜鲁门。"她说。

我和莉丝仔细看起照片来。杜鲁门表情严肃,眼睛是黑色的,嘴唇很宽。

"他的眼睛跟你和蚕豆的一样。"莉丝说。

"怀亚特家的人大多都是黑色的眼睛,"露丝说,"很久之前就有传闻说我们家有犹太人血统,但妈妈说是有爱尔兰黑人血统。"

"他看上去很精明,"我说,"不像军人。"

"表错意了,这是蚕豆典型的说话方式,"莉丝说,"她这是赞美。"

露丝哈哈哈大笑:"杜鲁门是很精明。也许是因为犹太血统的缘故。别的士兵叫他波因德克斯特教授,因为他戴了一副眼镜,老捧着书本看。"

露丝把照片放回去。她说她想给我们看她的嫁妆箱。她从床底下拉出一个小箱子,然后打开。里面有洗碗巾、浴巾、餐具垫、毛毯、防热手套。她说,她正在为将来打算,但她并不完全指望着婚姻这条路。她是百乐镇高中文秘班的尖子生,一分钟可以打九十五个单词。她说,她不想去纺织厂上班,当然这不是贬低她妈妈。正是她妈妈鼓励她找一份好的办公室工作。

"我最近一直在帮马多克斯先生做些办公室工作。"莉丝说。

"我听说了,"露丝说,"我给那家人工作过一段时间。在他身边时你们要当心。"

"当心什么?"我问。

"反正当心就是。"

我看了看莉丝,不知道她是否打算就马多克斯先生告诉我们他不得不解雇露丝的事情说点什么。莉丝几乎不动声色地朝我摇了摇头,似乎她觉得这个话题太难堪,还是不提为妙。然后,她说道:"我们该怎么捣鼓我们的头发呢?"

"要想成为一名拉拉队员,就不能把头发放下来。"露丝说着打开了一个首饰盒,里面全是发卡和扎马尾辫的橡皮筋。她很仔细地翻捡着,找出一对饰物和发夹,配我身上的蓝色衬衫,然后又找出一对配莉丝的黄色短袖。她把我的头发梳到后面,束成马尾辫,因为扎得太紧,我感觉自己的眉毛直往后扯。她转向莉丝——她那红棕色头发很浓密,一直披到半腰上。

"我从来不扎马尾辫。"莉丝说。

"拉拉队员必须扎马尾辫。"露丝说。

她把莉丝的头发梳到后面,也扎成很紧的马尾辫,用条状发夹把散落的小卷发别好。长发被束起来后,莉丝的脸看上去显得更小了,流露出一丝落寞的神情。她对着首饰盒里的镜子研究着自己:"我不敢相信这是我。"

"你看上去可爱极了,"露丝说,"很漂亮,很整洁。"

过了一会儿,一群女孩,大概有八个,来到怀亚特家。露丝让我们在屋前街道上站成一排。她摘下猫眼眼镜,把它放在门前台阶上,说即使自己几乎看不清,也不会在呐喊欢呼时戴着它,因为她没办法在这个上帝创造的绿色地球上戴着一副所有人都知道是从州免费诊所搞来的眼镜成功入选拉拉队。摘了那副丑陋的眼镜后,露丝黑色的眼睛显得又大又漂亮,但她的确看不清楚很多。

露丝面对我们站着。她知道所有喊叫的话,她知道所有动作和动作名称。她给我们展示了"鹰"、"俄罗斯跳"、"烛台"、"矛"和"弓与箭"等动作,并大声有力地喊出这些名称。一直以来我的肢体协调能力都不算好,但这次我竭尽全力,努力做到最好,老实说,还真有点意思。不过,莉丝一开始就有点敷衍,需要挥动整个胳膊时她就摆摆手,就那点热情后来也渐渐消失了,到最后干脆放弃,一屁股坐在怀亚特家的台阶上。

露丝最后给我们展示了侧手翻劈叉,这是一些大型拉拉队的压轴动作。这个动作很难,她解释说,但如果想入选,就必须学会。除了莉丝,所有人都依次试了一下这个动作,但她们中却没有一个人能像露丝表现得那么协调灵活,不是腿抬不起来,就是分不开。轮到我时,露丝站在我旁边,我侧手翻时她伸手抓住我的腰部,然后把我放低到地上,来了个一字大劈叉。

"你做到了,蚕豆!"她说。她转向莉丝:"哎,别灰心,"她喊道,"熟能生巧。明天再来,我们要多练习。"

"好吧。"莉丝说。她取下发夹和发圈。

"你留着下次用。"露丝说。

"我们会自己买,"莉丝说,"如果需要的话。"

我还不习惯马尾辫,但我喜欢扎成这样,它让我觉得自己随时准备好舞动。但莉丝的话让我觉得我也得把发卡和发圈还回去,所以我把它们从头上取了下来。"汀斯利舅舅书桌上有一圈橡皮筋,"我说,"我可以用那个。"

其他女孩去逛街了,露丝回屋里帮艾尔婶婶弄完罐头。从怀亚特家菜园子浇水的软管里接了杯水喝后,我和莉丝骑上了自行车。

"你现在还想成为一名拉拉队队员吗?"莉丝问。

"也许吧。怎么了?"

"尽是呐喊助威,'好啊''好啊'。真受不了。"

第二十二章

那次拉拉队练习后不久的一天，我们回去上班，马多克斯先生把我们领进办公室，然后关上门。他递给我们每人一个薄薄的小册子，蓝色皮革封皮，上面用华丽的金色字体写着"百乐镇国家银行"几个字。

"我给你们各开了一个户头，"他说，"这是属于你们自己的存折。"

我翻到第一页。第一行是"简·霍利德"，还有"杰罗姆·T. 马多克斯"。有好几栏，分别是"存款"、"取款"、"利息"、"余额"。"存款"一栏用蓝墨写有二十美元，所以"余额"一栏也是如此。

马多克斯先生解释说，现在，他可以将我们的工资从他自己的账户直接存进我们的账户里。这样更简单，更有效，更别说安全了，因为存进去的钱不可能丢，也不会被偷了。我们不仅可以存钱，还能赚利息，积累财富，而不是把钱浪费在喝汽水和买唱片上。

莉丝研究着她的存折。"看上去很正式。"她说。

"这是一种成长仪式，"马多克斯先生说，"就像你取得驾照一样。你们都没有父亲——汀斯利·霍利德，不管他有什么优点，在那栋房子里，他都帮不上什么忙——我就出面告诉你们做事的方式。欢迎来到真实的世界。"

"如果这是我的存折，那为什么你的名字会在上面呢？"我问。

"这是联名账户。"马多克斯先生说。他需要能够直接存款。他没想到我们会知道这些，因为我们从来没有过储蓄账户，但那是银行业务。"这是我帮助你们成为大人的方式，了解系统运作方式。"

"但我喜欢拿到实实在在的钱。"我说。手指数着经过成百甚至上千人的手用旧的钞票，看着金字塔上的那只眼睛，纳闷那是怎么回事，研究着上面的签名和序列号以及复杂的小印花，对我来说，是一件很快乐的事情。"钱被锁在银行里，看不到，摸不着，也数不了，"我说，"我喜欢现金。"

"聪明的投资者称现金为'愚蠢的钱'，"马多克斯先生说，"它只是坐在你的口袋里，诱惑你挥霍掉它。它不是在为你工作。你得让你的钱为你工作。"

"也许吧。但我还是喜欢拿现金。"

"你能赚利息，蚕豆。"莉丝说。

"瞧，就有人在用脑子，"他说，"不只是利息，而是利息之上还有利息。这就是所谓的利滚利。"

"我无所谓。我就想拿到钱。"

"随你便吧。但这是失败者的选择。典型的霍利德家族。"

第二十三章

我没能入选拉拉队。

学校开学前几周举行了选拔赛,一进健身房我就看出其他女孩是多么重视竞选拉拉队这件事。她们身上的衣服是红白相间的属于百乐镇的颜色,头发用牛头犬——学校的吉祥物——形状的小饰品绾在脑后,有的还在脸上涂了斗牛犬样的彩绘。她们都在做准备活动,伸展、倒立、后空翻。黑人女孩一组,白人女孩一组。白人女孩们都狐疑地看着我这个新人。轮到我时,教练几乎都没怎么看我,好像她已经知道她会挑哪个女生。

后来,我坐在看台上观看了校队选拔赛。原先队里那三个威胁要退出的女孩真的退出了,这意味着将有三个空缺向来自厂山和尼尔森高中的女孩开放。

那天露丝很晚出场,我觉得她肯定没问题。她摘掉了猫眼眼镜,但这丝毫不影响她的表现。她的声音很响亮,动作套路完成得毫无瑕疵,她是如此的柔软灵活,以至于当她做最后的侧手翻劈叉时,每个人都听到了她的大腿拍打在木质地板上的声音。我想,她进入拉拉队是毫无疑问的了。接着是黑人女孩上阵。其中六人曾经是尼尔森校队的队员,她们真的了解自己的东西。她们表现得很活泼,摆臀,摇头,就像在跳舞,我不确定,相对于白人女孩的表现,这样子究竟于她们是有利还是有弊。

结果几天后公布了,露丝顺利入选。还有两个黑人女孩也入选了。我走到这个怀亚特家人面前,祝贺她时,她给了我一个大大的拥抱。艾尔姆姆告诉我,厂山的人欣喜若狂,终于有他们的人进入拉拉队了。拉拉队教练的选择也引来了很多牢骚。百乐镇上的一些白人可以接受一个黑人队员,但认为两个就太多了。而尼尔森中学学生则认为,他们应该至少有三个拉拉队员,因为学校现在有一半是他们的人,而且为足球队提供了关键的新成员。一个黑人女孩与一个白色的女孩为此在体育馆里展开了一场剧烈的争吵。

"也不知道这对新学年来说是什么兆头。"艾尔姆姆说。

艾尔姆姆正拌和了一碗甜椒奶酪,准备做三明治,这时克拉伦斯叔叔跨进前门,手里拿着一个装在纸袋里的瓶子。他笑容满面,脚步轻快。他吻了吻艾尔姆姆和他的孩子们,又抱了抱我,嘴巴一直就没停,说话的声调就像牧师,问大家在这个光荣的日子里还好吗,絮絮叨叨他美丽的女儿,以及厂山人如何为自己争取到了一个拉拉队员的名额。"有庆祝的理由。让我们庆祝吧。来点音乐吧。帮我把吉他拿来!"

乔带回来一把古老的吉他,有几处因为年复一年的弹奏有所磨损,黑乎乎的。克拉伦斯叔叔对着瓶子喝了一大口酒,然后拿起吉他，开始弹奏起来，那样子是我从来没有见过的。他似乎没有想自己在做什么。拨弦、扫弦、轻弹，他仿佛进入催眠状态，但音乐就这样流淌出来。

我惊呆了。这个疯狂的舞蹈吉他手还是我之前认识的克拉伦斯叔叔吗？

"有真正的醉鬼和悲伤的醉鬼，"艾尔婶婶说，"当我的克拉伦斯喝酒时，酒精燃起了他的激情。他是个舞蹈着的醉鬼。"

怀亚特家的其他人开始鼓掌，欢呼，舞动，我加入他们。我们围着克拉伦斯叔叔，此时他正弹得飞快，已经看不清他的手了。然后，他头向后一仰，开始号啕大哭起来。

第二十四章

随着多丽丝怀孕时间的推移，八月末的一天，马多克斯先生告诉我她约好了去见医生。他要莉丝待在家里接电话，而我得跟他们一块去，在医生帮她检查时，照顾兰迪和小宝宝。

在马多克斯先生让我把多丽丝的衣服扔进他车子后，没过几天，他就把衣服还给她了。此时，她正穿着其中一套碎花的便服。他让她抱着小宝宝坐在勒芒车后座，我则坐在他旁边的前座上。他轰地发动车子，车子弹出车道，轮胎发出刺耳的摩擦声。这次只是去例行检查，而且时间还早呢，但马多克斯先生把车开得就跟要去拼命似的，好几次转弯太急，把人撞向车门，还紧跟着前面的车追尾行驶，穿过禁行区，不停地评论那些挡他道儿的无能的傻瓜和白痴。

行至半路，马多克斯先生在一家便利店的停车处停下车来。"我下去给你们买点薯片和苏打水，"他宣布道，"你们要什么？"

"你看着办，亲爱的。"多丽丝说。

"我要橘子汽水，"我说，"NEHI牌可乐，橘子汁，芬达，都可以。还要奇多。不要膨化烘焙的，要炸得脆脆的那种。"

"坐稳了。"马多克斯先生说,然后爬出汽车。

一两分钟后,他拿着一个牛皮纸袋回来了。他坐进车内,把手伸进袋子里,然后递给我一个 RC 可乐和一个小的纸板做成的筒。

"这是什么?"我问。

"薯片和苏打水。"他递给多丽丝一样的东西。

"这不是我要的,"我说,"我要的是橘子汽水和奇多。"

"这是 RC,市面上最好的可乐饮料,而那些是品客薯片。它们刚上市,比奇多好。"

"但这不是我想要的。"

"我只是问你想要什么,但我没说我一定会给你你想要的,"他说,"你必须注意我在说什么,如果你是为我工作。这一点很重要。"

我仔细观察品客薯片的容器,它的锡盖上有一个小拉环。我把拉环拉开,它发出嘶嘶声,里面是完美的一堆鞍形薯片。我吃了一片。"味道怪怪的。"我说。

"你说什么?"马多克斯先生问道,"品客薯片味道比奇多好。不只是味道。它们在各个方面都远远优于奇多。"他开始给我上课,品客如何代表了技术的先进。它们形状均匀,他说,不会断,不会碎,因为它们在筒里堆得整整齐齐,而不是装在袋子里,哗啦哗啦响,里面大部分都是空气。你不用小心那尖锐的边缘,或者焦了的地方,而这些在普通薯片上时常都有。而品客薯片能让你明确知道自己正在享受什么。产品的一致性。品客薯片会成为未来的潮流。

"另外，别喝橙色垃圾饮料。"

"我喜欢橙色垃圾饮料，"我说，"就像橘子汽水，我也要了，没给我买。"我继续说道，实际上，奇多薯片比品客薯片要好，至少我这么认为。奇多有各种尺寸，你可以根据某时的心情来选择大的或小的。而且，奇多薯片的形状多种多样，你可以饶有趣味地找出它们各自像什么。

马多克斯先生攥着方向盘，我可以他太阳穴上的一根静脉正往外暴突着，仿佛他的脑袋马上就要爆炸了。

"这是我听过的最愚蠢的事情，"他说，"你不知道自己在说什么。"他举着一根厚实的手指在我眼前点点戳戳："我告诉你，品客薯片比奇多好。"

"他说得没错。"多丽丝插进来，"杰里对他说的那些东西很了解。你最好听他的，而不是老跟他争辩。对他给你买的任何东西，你只要心存感激就行。"

马多克斯先生点了点头："你作了一个错误的选择，所以我不得不帮你纠正过来。当我身边的人选择错误时，我必须这么做。"他停顿了一下，"所以闭嘴吧，吃你的该死的品客薯片。"

当天下午晚些时候，我和莉丝并排骑着自行车回梅菲尔德时，我告诉了她关于奇多和品客的辩论。

"我不明白他为什么大发雷霆，"我说，"如果他认为品客薯片比奇多好，这是他的看法，而我喜欢奇多，这是我的看法。事实错了，是一回事。但看法不是事实。他不能告诉我，我的看法是错误的。"

"蚕豆，你把一切跟堆零食搅和在一起，"莉丝说，"这并不重要。"

"他不能告诉我该怎么想。"

"他当然能，特别是如果你为他工作的话，但那并不意味着你要好好考虑他的话。而且，你没必要告诉他你并不赞同。没必要跟他争辩。"

"也就是说，我该闭嘴，吃了那该死的品客薯片？"

"选择你要打的战役。"她说，"就像跟妈妈在一起时那样。有时附和他们会更好些。"

莉丝说，她就是这样和马多克斯先生相处的。他对一切事情都很有自己的看法。马多克斯先生曾对莉丝说，他知道自己是个急性子，他喜欢她的原因之一就是，当他有点情绪失控时，她不会不高兴。她知道如何把握自己。他也信任和尊重她，这就是他让她真正担当起责任的原因。他让她看他卷入的诉讼的机密法律文件。

"比如说？"我问。

"我不能讨论这些问题，"她说，"马多克斯先生要我发誓保密。"

"甚至跟我都不能说？"我问。我和莉丝一直都分享一切事情的。

"甚至是你。"

第二十五章

夏天快结束的时候，我和莉丝存足了买新衣服的钱。马多克斯先生一直如我所愿付给我现金，我把钱存在白色小摇篮中的一个雪茄盒子里，里面还放着爸爸的照片和他那枚银星勋章。开学前不久的一天下午，莉丝从她的账户里取出了一些钱，我们去了霍利德大街的克雷斯吉连锁店。我觉得我们应该买几套便宜的衣服，但莉丝坚持除了牛仔裤和T恤，我们得花血本至少买一件真正拿得出手的套装。她一直说，到一个新学校给人良好的第一印象非常重要。她给自己挑了一条橙紫色的裙子，一件亮紫色的衬衫；而给我挑的呢，则是橙绿色的裤子搭配橙绿色的吊带背心。"你得拿得出手。"她说。

开学第一天，我们都穿上了真正能拿出手的衣服，尽管公交车站离梅菲尔德只有几步路，汀斯利舅舅还是开着伍迪送我们去百乐高中。他也相信良好的第一印象的重要性。

学校是一栋很大的砖建大楼，三层高，石灰石的柱子。几百号学生在学校前面的大杨树下毫无目的地转悠，黑人聚成一堆，白人则另外一堆。车子一停下来，我就意识到我们在穿着上犯了一个可怕的错误。所有白人小孩穿的都是褪色牛仔裤、运动鞋和T恤衫，而所有黑人小孩的衣服都亮闪闪的，色彩鲜艳，就像我们此刻身上穿的。

"我们穿得跟黑人小孩似的！"我脱口而出。

汀斯利舅舅窃笑。"唔，我也觉得是。"他说，"现在，色彩鲜艳的衣服比浅色衣服好看。"

"所有人都会盯着我们看，指指点点。"我说，"我们得回去换了。"

"来不及了。"莉丝说，"再说，就像妈妈经常说的，当你能脱颖而出时，谁想融入呢？"

我们的确脱颖而出。我走过一个个教室时，无论黑人白人，都看着我们，吃吃地笑，先是做出目瞪口呆，然后恍然大悟的表情。"你好啊，荧光女孩！"几个白人男孩冲我们喊道。

那天晚上我把那条橙绿色裤子挂进橱柜里，紧挨着妈妈初次参加社交活动时穿的礼服。明天我要穿牛仔裤和T恤。莉丝说她也要这么穿，但我知道即使我再也不穿那些裤子了，它们已经给人留下了难以磨灭的第一印象。我敢肯定，从现在开始，我会是无人不晓的"荧光女孩"。

第二十六章

跟我以前在加利福尼亚时上的平坦的现代中学不同,百乐镇高中只有一幢破旧的大楼,楼梯很多,天花板很高,到处发霉,喧闹不已,储物柜"砰"地被关上,铃声间歇性响起,学生们在拥挤的过道里大喊大叫。形势很快明晰起来:那些相互之间认识了很久的人没有兴趣结识一个新来的女孩。即使我向他们送上最友好的微笑,他们还是很快就把目光移到别处。虽然取消了种族隔离,但在过道和楼梯上还是有很多推推搡搡。能看出百乐高中里有很多容易被惹毛的人,他们都盼着大打出手呢。

我上六年级时,觉得初中阶段会很艰难,调班、厚厚的书本、像代数那样的玄奥学科。莉丝很聪明,我不行。尽管有着吓人的名字,比如文学欣赏、社会学、家政学,但课程本身没什么大不了的。文学欣赏就是阅读课。社会学就是带点历史的新闻。在家政课——七年级女生的必修课——上,我们学到的第一件事情就是如何摆餐桌。餐刀要放在盘子的右边,刀刃朝里;勺匙挨着餐刀;餐叉放在左边,依照使用顺序排成一排。

我们的老师,汤普森夫人,是个大块头女人,动作迟缓,一张脸经常搽得粉粉的，耳环永远配着项链戴。她说她教给我们的是每个女人都必须知道的"生存技巧"。但你绝不会因为把勺匙放在了盘子左边而死翘翘。七年级的男生必须修工科，学习那些有趣又实用的东西，像如何修理漏气的轮胎，如何拉一盏灯，如何组装一个书柜。当我告诉汤普森夫人，我心目中的生存技巧是修理漏气的轮胎，而不是摆餐桌时，她说那是男人的活儿。

我们甚至不学实用的东西，比如如何保持预算平衡，或者如何缝上缺少的纽扣。学的全是什么举止要端庄，要知道如何区分装水的杯子和装果汁的杯子，要有合适的紧身内衣。妈妈是打死她都不会束腰带的，而她的一些朋友也不戴胸罩，但汤普森夫人常说作为女人千万不能让人看见衣服下摇晃的赘肉，这就是为什么女人都应该束腰带的原因，它是不可或缺的紧身内衣，遗憾的是，现在很多人已经不这么做了。

这些课无聊得我实在听不下去了。要不是汤普森夫人说，每说出一个厨房用具，她就给我们加一分，第一次测验我就挂了。大部分女生只说出了五六个，而我还真的去了镇上，把我能想到的所有东西列了出来，从萨饼切片机到干酪刨丝器到胡桃夹子，调酒棒到苹果削皮器到擀面杖。结果我说出了三十七个。

"这看上去不大对头，"评分后汤普森夫人说，"你是我最穷的一个学生，但你仅仅因为加分，成为班里分数最高的。"

"是你自己定的规则。"我说。

第一次测验后不久,我得知加入了拉拉队可以每周有一天不去上家政课。于是,尽管不是很了解拉拉队是干吗的,我还是决定去当志愿者。后来才知道,我们的工作就是在周五足球赛赛前动员会上以及晚上比赛时帮助拉拉队员们鼓动观众的热情。我们还做了精神棒——彩绘扫帚,上面装饰了斗牛犬的小玩意儿,这些在比赛现场上是展示班级最佳精神的最好体现,我们还画了主题海报,在每次比赛前都会张贴在走廊里。

百乐镇的年度首场比赛,是与大溪猫头鹰队的对抗赛。我们聚集在体育场上时,特里·普瑞特,他是一名高中生,也是拉拉队的队长。当我将这些事告诉莉丝时,她飞快地说出一系列非常整洁的有关猫头鹰的双关语和押韵的词汇——"拔猫头鹰的毛","摘取猫头鹰的内脏","猫头鹰是犯规飞鸟"。还有最精彩的一句是"斗牛犬咆哮,猫头鹰嚎叫"。

"你为什么不加入拉拉队?"我问莉丝,"你肯定会很厉害。"

"我并不这么觉得,"她说,"这一切种族色彩太浓。"

就在拉拉队接下来的会议上,我说出了莉丝创作的口号标语。特里表示喜欢"斗牛犬咆哮,猫头鹰嚎叫"。她说我们可以做一个条幅,上面用一种古典字体喷绘上那句话,在周五的赛前动员会上将它挂在体育馆的墙上。她转身看着凡妮莎·约翰逊,拉拉队中的一个黑人女孩,和我在同一个英语班上。"凡妮莎,你可以帮蚕豆一起做。"特里说。

"所以我只是助手喽?"凡妮莎问道。她比大多数的女孩都高,长胳膊长腿,非常健壮。她慢慢地将她长长的胳膊交叉着放在胸前,眼睛直盯着特里。

"我们要互相帮助,好吗?"

特里找出横幅条和喷绘漆,让我们带到外面去做。我们走下楼梯来到大厅时,我开始对凡妮莎说我们应该先用铅笔将这些字勾画出来,以确保它们的位置合适,后面的字不至于放不下。

"谁说你负责这件事?"她问道。

"这不公平,"我说,"只是一个想法而已。"

凡妮莎双手放在臀部:"公平?你想谈什么公平什么不公平吗?所谓的不公平就是将我们自己的学校关闭,我们被迫到破坏者的学校上学。"

"你说这话什么意思?黑人小孩想到白人学校来上学,我认为这才是重点。"

"如果我们有自己的学校,为什么我们还想到白人学校上学?"凡妮莎说,在尼尔森他们拥有自己的足球队,有自己的拉拉队,自己的学校颜色,自己的同学会之王和王后。尼尔森的每个家庭都以自己的学校为傲,在周末,他们会来学校将每个角落都打扫得干干净净。一些家庭甚至还将家里的轿车涂成跟学校一样的紫色和银色相间的颜色。但是现在的尼尔森的孩子们必须放弃这些颜色。以前，尼尔森地区的学生知道在百乐镇他们中没有人能被选为班干部，不能被命名为同学会之王或皇后，没有机会被宣布为"最有可能成功"的人。

"如果你的感受是这样，那你为什么还要加入拉拉队呢？"

"我没竞选上拉拉队队长，虽然我比其他女孩做得都好，"她说，"但那并不意味着我只会坐在观众席上。"她解释说，她的姐姐莱提卡就是从尼尔森的学生中竞选上百乐镇拉拉队队长的两人之一。凡妮莎说她会参与每场比赛，为莱提卡加油，支持已经加入百乐镇球队的尼尔森男孩们。然后，她盯着我说："我不会放弃的。来年我要竞选上拉拉队队长。"

第二十七章

接下来的星期六,我在地下室叠着衣服。这时,马多克斯先生出现在楼梯的顶端。他爬下楼梯,用一种奇怪的、轻盈的步伐走过来,这跟他那庞大的身躯实在不和谐。

"你忙吧,"他说,"我喜欢。为我工作,就该这么忙碌。"

"谢谢。"我说,"我已经把大件的衣服叠完了,现在要把袜子配好对。"

马多克斯先生伸出一只手,整个人撑靠在地下室墙壁上。他高大的身躯耸立在我身边,我觉得自己好像被装进了一个盒子里。他如此近距离地贴着我,我都能感觉到他喷在我脸上的气息。我还能闻到他的体味。他身上不臭,但我不习惯如此接近一个成年男子。他的体味让我想到汗水和工作,肌肉和肉。我并非不喜欢,只是有点不安。

"还有一件事让我很喜欢你,"他说,"就是你不怕我。我是个大个子,我知道我站在一些人旁边,会让他们感到紧张。"

"不。"我说,"我不会。"

"是的,"他说,"你不害怕。"他的右手本来放在屁股上,现在却伸过来，放到了我的肩膀上。正值炎热的九月，我只穿了一件无袖衬衫。他巨大的手如此粗糙和坚硬，我甚至都能感觉到他指纹的纹路。

"你认真负责，"他继续说道，"从不在小事上斤斤计较，不像多丽丝。她总想在愚蠢的小事上捞一笔。你很有幽默感，能给身边的人带来快乐。你有勇气，你比实际年龄看起来成熟。你到底多大了？"

"十二岁。"

"十二岁？年仅十二？令人难以置信。你的模样和行为可要比实际年龄成熟很多。"马多克斯先生的粗拇指突然滑进我的腋窝，并抚摸起来，"你这里已经长出腋毛了。"

我猛地往后一跳："停！"

马多克斯先生握着我的肩膀，他的拇指仍然在我的腋窝里多停留了一会儿，然后他垂下了手，笑了起来。"好了，别傻了，"他说，"我可没做什么坏事。我只是对你的成熟发表看法而已。我有妻子和一个女儿，我跟姐妹一起长大，我了解女人，知道她们开始发育后的生理周期。这只是自然现象。我是成年人，你正在迈向成年的途中。如果我们建立一种工作关系，像成年人那样，我们需要能讨论诸如此类的事情。例如，也许有一天你因为处于生理期，腹部绞痛而无法为我工作，你得先告诉我。纺织厂里一直都有这样的事情发生。"

我低下头看着那堆袜子。我想不出该说些什么。我不想被看成傻瓜，但也不想将事情挑明。哪怕马多克斯先生认为将拇指塞到我腋下是完全错误的，我也不赞同他说的任何事。

马多克斯先生伸出手，抬起我的下巴。"你不生我的气，对吗？"他问道，"我认为我们只是在谈论成长。看，如果你生气了，你应该说些什么。如果你认为我对你犯了错，你也可以对我以其人之道还治其人之身。你可以叫我的名字，任何你想叫的名字。"他停顿了一下。"或者你可以打我。来吧，打我。"他张开双臂，"向这里打，打腹部，用尽全力。"他等了片刻，然后指着他的下巴："或者打这里，如果你想打的话。"

"不，谢谢。"

"不想打我？为什么不呢？"

他又停了下来："我知道你不怕我，所以我猜你没生我的气。很好。"

他拿出一卷账款，抽出一张二十美元的钞票："这是你一天的工作所得。"说完，他转头走向楼梯。

二十美元超过了马多克斯先生平时付我的一天工资。整个事情令人毛骨悚然。拿着钱，我觉得是我让他买了我。但是二十美元是一大笔钱。马多克斯先生知道我需要钱，并且知道我会拿这钱。我将钱放进口袋里，将袜子配对完，离开了地下室，没向任何人说再见。

"我不喜欢马多克斯先生。"那天晚上我告诉莉丝。

"没人强迫你去喜欢他,"她说,"你必须学会如何对付他。"

我一直打算告诉莉丝发生了什么,但总觉得有点尴尬。同时,当我在脑海中回顾这件事时,总觉得马多克斯先生实际上并没有做错什么。如果他做错了,他或多或少总得道歉。我坚持告诉自己我从未想从中获取更多利益。从现在开始,我必须想明白如何对付他。像莉丝所做的那样。

第二十八章

妈妈通常每周打一次电话过来。但她时不时会晚几天打过来，或者干脆漏掉一个星期。每当这时，她总会道歉，说想着打电话的，但是你知道的，音乐世界太疯狂，容易让人着迷。

妈妈告诉我们，我跟莉丝去纽约的准确时间还未定下来，但是我们也不会一直待在梅菲尔德。同时，这也有利于我们习惯百乐镇的生活。它将帮助我们理解她，理解她不得不忍受什么，以及为什么她会做出离开的决定。它会促使我们感激她煞费苦心地将我们放在没有偏见、不讲行为规范的人群中养大，而百乐镇那些人会像对待贱民一样对待你，如果你不严格按照他们的规范行事。

我告诉妈妈我加入了拉拉队，她叹了口气。"为什么你要去做这个？"她问道。她说她曾经是拉拉队队长，一想到这个，她就觉得毛骨悚然。足球是野蛮的，拉拉队对女性来说是一种洗脑方式，它会让女人认为男人是明星，会使大多数女人带着对生活的全部期许，站在足球场边缘为男人们欢呼。

"不要做别人的小拉拉队队长，"妈妈说，"要做自己秀场的明星，哪怕没有观众。"

我明白妈妈说得有道理。不过，我还是喜欢加入拉拉队阵容。它令人快乐，我还因此结交了一些朋友。做拉拉队员又有什么错呢？另外，我也发现在百乐镇校风很重要，但是如果你不展示自己，你不可能行得更远。

相反地，莉丝将妈妈的话铭记于心。她总是朝那个方向靠拢，并且很乐意用妈妈的观点来支撑她自己的看法。我尽我最大的努力做的所有事情在百乐镇都行之有效，但这并不能用于莉丝身上。她乐此不疲地评论离奇古怪的当地习俗，放弃拉丁语学习，纠正别的孩子的语法，并对乡村音乐嗤之以鼻。入学后，我和莉丝总是穿牛仔裤。但是过了两周，莉丝回到耀眼的着装上，让自己脱颖而出，身穿橘色与紫色混搭的短裙，头戴贝雷帽，最近甚至还把妈妈的旧衣服翻出来穿，那些衣服无一不是汀斯利舅舅想让我们穿的，什么粗花呢狩猎夹克配马裤。

一直以来我都与莉丝同校，我习惯性地觉得她聪明、美丽和全能，但是很明显，百乐镇当地的其他孩子则认为她行为另类，装腔作势。

在加利福尼亚，我们从来不重视学校的体育运动。唯一关心的人是球队的那些孩子。但是在百乐镇，整个小镇上的人都痴迷于斗牛犬队。霍利德大道沿街满是为斗牛犬队加油的标语。人们将斗牛犬队的口号涂画在车窗和房屋窗户上，并在各自的花园里种满了红黄相间的花。成年人站在街角处谈论这个队的前景，并针对每个队员的强项和弱点相互争辩不休。教师们会中断课堂来谈论即将到来的比赛。每个人把斗牛犬队的队员视为上帝。

比赛当天,你应该穿红白相配的衣服去学校。这并非规定,但是每个人都会这么做,特里·普瑞特如是告诉我。在如期举行的斗牛犬队与猫头鹰队(沃尔斯队)的常规赛当天,我身着红白相间的T恤。莉丝故意穿上她那件橙色和紫色混搭的裙子,表明她不是一个墨守成规的人,就像妈妈。她之所以不得不穿那件蓝色的连衣裙,是因为马多克斯想要她这么穿,无论他说什么,她都必须照做,因为是他在支付她的工资。在百乐镇高中,没有人告诉她怎么穿着,为谁加油。

在百乐镇,每个人都被要求出席赛前动员会,并在比赛当天参与其中。我离开家去装饰体育馆。所有的孩子和老师都身着红白两色,前尼尔森的学生也不例外。每个班级坐在一起,班级间相互较着劲,欢呼喝彩声一浪高过一浪,任由最嘈杂的声音响彻那晚的比赛现场。轮到七年级,凡妮莎和我站在全班前面,挥舞起胳膊,在空中挥动着拳头。有个孩子站起来喊道:"你去,荧光女孩!"我咧嘴大笑,更卖力地挥动拳头,我得承认我们赢得精神棒时我相当自豪。

比赛在傍晚时分开始。虽然天还没有完全暗下来,足球场周围的泛光灯已经全部打开。热风吹过球场,半轮月亮悬挂在银色的天空。

怀亚特全家出动，为抢到前排的座位很早就出现在赛场，这便于他们为露丝捧场加油。乔抱着厄尔，向我挥手示意。莉丝没来，她说她同意妈妈的看法，足球赛是野蛮的。但是汀斯利舅舅来了，他头戴灰色毡帽，穿着一件红白相间、大学运动代表队的旧夹克，上面印着很大的字母 B。他走到我为球队打气的球场边，"四十八班，"他说道，"我们横扫赛场。"他眨眨眼睛："去搞定他们，牛头犬。"

看台很快被人群填满，就像学校自助餐厅，黑人和白人分开来坐。足球队出场了，斗牛犬成员——被介绍，每个被叫到名字的队员，都会跑到球场上。白人球迷为白种百乐镇球员喝彩加油，当尼尔森黑人队员出现时，他们会变得非常安静。同样地，这种时候，看台上的黑人也只为黑人队员喝彩助威。

猫头鹰队上场时，他们的球迷为整个队伍呐喊，但猫头鹰队只有一个黑人队员。在比赛前，人们谈论的话题之一是猫头鹰队是个实力弱小的球队，而大溪是位于厂山的小镇，没有黑人住在那里，所以猫头鹰队不存在百乐镇球队那样的分裂问题。

比赛一开始，观众热情高涨，当斗牛犬队完成一次传球或者铲球，他们都会欢呼，而当猫头鹰队领先，他们便发出嘘声。拉拉队队长们站在球场边，不停地踢着，跳着，摇着球花，而拉拉队队员则鼓动着观众对着观众，高声大喊："斗牛犬咆哮，猫头鹰嚎叫！"

每个人都很开心，但对于我来说，我并不觉得你必须得变成一个野蛮人才能享受比赛。在下半场，斗牛犬队因对方两次触地得分而落后，观众的情绪开始变坏。我不了解足球，其规则令人十分困惑——但我并不知道我们正在输掉比赛。在一次暂停期间，我问露丝发生了什么事。她解释说，整个斗牛犬队比赛时不像一个团队。戴尔·斯卡百利，白人四分卫，总是传球给白人接球员，而作为新人的黑人球员也不为白人队友阻截对手。如果这样持续下去，斗牛犬将被屠杀无疑。

戴尔·斯卡百利做了一次传球，却被猫头鹰队拦截下来。当我听到百乐镇的球迷——无论是学生还是成年人——开始对着自己的球队发出嘘声时，我感到很惊讶。每当斗牛犬队员有失误，他们不光起哄，还咒骂起来，对着球员大喊"白痴！""换人！""恶心！""笨蛋！"

猫头鹰队再次得分，这时场面已经变得惨不忍睹。我们拉拉队仍然跳着，鼓动着观众，试图让观众重新站在我们这边，这时有人向赛场扔了一包垃圾。我快速冲过去把垃圾捡起来，当我回到赛场边时，我看见拉拉队中的一个白人站起来向凡妮莎·约翰逊的姐姐莱提卡投掷了一个汉堡包，她正高举着球花笑着，汉堡包击中了她的胸部，在她漂亮的红白相间的制服上留下了一摊油渍。

莱提卡没把这放在心上——她甚至继续保持微笑——同样，所有的拉拉队队长也继续履行他们的职责。这时，一个我认识的住在厂山的白人站起来，将一个装满冰块和可乐的大杯子扔了出去，正好击中了莱提卡的肩膀，液体顺着她的肩膀流了下来，湿透了她的制服。莱提卡仍然继续着自己的工作，踢跳着，欢呼着，像之前一样情绪高涨，虽然她已经停止了微笑。

艾尔婶婶转身面向那两个白人男人。"嘿，好啦，那样做可不对！"她喊道。

就在这时，一个黑人男子站在看台上向露丝掷了一个苏打杯子。杯子击中了她的肩膀，饮料溅到了她的制服上。

乔已经忍无可忍了。他一跃而起，猛冲向那个黑人男子，但是其他的黑人在他还没冲到那个黑人身前就将他打倒了。一群白人球迷从看台座位上跳起去保护乔，顿时一片大乱，人们到处投掷饮料和食物，叫喊着，相互挥动着拳头，女人咒骂着，拉扯着头发，婴儿哭，孩子尖叫，七年级的学生爆打着一些家伙的头。直到警察冲进观众看台，拿出警棍将人群分开，骚乱才得以平息。

我们以三十六比六的比分输掉了比赛。

第二十九章

星期一在学校，所有的人都在谈论这场比赛。一些白人学生因为观众席的骚乱而愤怒，声称这种行为太丢脸，太可耻。但是他们仍然将这归咎于整合问题，说只要白人和黑人混合，这是必然要发生的；白人和黑人混合不会产生任何好处。一些黑人学生仍然一如既往地被白人学生厌恶，虽然他们声称这场骚乱不是黑人学生的错，斗殴之类的事在尼尔森的比赛中从未爆发过，他们只不过在自我防卫。相比这场争斗带来的烦躁，斗牛犬队完败于大溪猫头鹰队更让大多数学生感到沮丧，更何况他们从来没将猫头鹰队放在眼里。学生们一直说，整合会改善斗牛犬的实力，但是现在我们甚至不能握住大溪队像铅笔那么纤细的脖颈。

校长在今天早上的广播公告结尾，提到要"相互尊重，全校团结"。但是直到午饭后的英语课，才有老师直接提到这个问题。

我的英语老师，贾维斯小姐，一个嘴唇非常薄的年轻女士，她总是津津乐道于布置给我们的阅读任务，她说她认为我们应该讨论一下比赛中发生的事情。"是白人挑起的，"凡妮莎·约翰逊说，"向我姐姐扔可乐。"

"比赛时扔东西这种事经常发生，"丁奇·布鲁斯特，一个住在厂山的孩子说，"就像大家总把它看做种族问题。"

"我们在这里不要简单地控诉，"贾维斯小姐说，"我更想看到你们为促成百乐镇高中整合成功，提出自己的见解。"

白人孩子开始说，问题是黑人总是拿偏见和奴隶制说事，虽然早在一百多年前黑人就被解放了。黑人有黑人的骄傲，但是一旦开始谈论白人的骄傲，总是会转到种族主义上面去。为什么我们不能接受他们称呼我们为白鬼？一群住在山上的白种孩子说，无论如何，他们中间不再有任何一家人拥有自己的奴隶。他们继续说，事实上，他们的曾祖父们曾经购买过奴仆，但是从来没听人抱怨过爱尔兰人被奴役的事。我内疚地环顾四周，看是否会有人提到老霍利德家族的棉花种植园。没有人提，我也确信自己更不会挑起这个话题。

黑人孩子说，奴隶制早在一百年前就结束了，但是直到前不久，他们才能在斗牛犬餐厅吃饭，甚至直到今天他们如果在斗牛犬餐厅吃饭，还是会遭人怒视。就在几年前，黑人才开始被霍利德纺织厂雇用，他们仍然被指派了最差的工作。黑人学生说，真正的问题是，白人害怕黑人接管体育和音乐。他们希望黑人闭嘴，停止要求自己的权利，回到清洗厕所，洗衣服，为白人做饭的工作上去。

"好吧，我们并非要在一天之内解决这个问题。"贾维斯小姐说。她想让我们阅读一本描写南方小镇种族冲突的书，书名叫《杀死一只知更鸟》。

我喜欢《杀死一只知更鸟》，但是我觉得它并不像贾维斯小姐认为的是写得最棒的一本书。我认为它最好的部分并非比赛本身，而是斯科特和两个男孩在可怕的隐士居住的大鬼屋四周窥探。这真正提醒了我自己还是个孩子。

正是贾维斯小姐把这部小说赞美为伟大的文学作品，导致班上很多孩子难以理解这本书。白人孩子说他们知道黑人不应被用私刑处死，但是他们不要一本对他们进行布道的书。他们憎恨书中将镇上的白人划分为好的受人尊敬的白人和坏的垃圾白人。黑人小孩，站在自己的角度，思考为什么英雄总是一个贵族白人家伙，他总是竭尽全力去拯救一名无助的黑人家伙，为什么暴民的首领总是被高贵的白人描述成一个体面的人，遇到无辜的黑人要被绞死时不知该怎样应付。他们同样也不喜欢，当高贵的白人经过时，好的黑人知道自己的位置，并让他们的孩子站起来。

"没有人挑战体制。"凡妮莎说。

"现在讨论偏离了我的预期。"贾维斯小姐说。接着她说，她希望我们把想法写在纸上。

汀斯利舅舅听说了我们的作业，他的眼睛亮了起来。"《杀死一只知更鸟》就小说本身来说是不错，"他说，"但是如果你真正想了解南方种族问题，你需要阅读伟大的历史学家 C. 凡伍德沃德。"

汀斯利舅舅正坐在阅读室的书桌前。他从身后落地书柜中抽出一本书递给我,书名是《吉姆·克劳的奇异生涯》。

我开始阅读起来,但是它的内容太复杂,以至于我在第一页就陷入困境。汀斯利舅舅将书夺过去,翻阅了一下,急切地解释书的思想内容,并摘出书中的句子让我做笔记。

汀斯利舅舅说,因为南方的黑人和白人生活在奴隶制下,他们在内战之后比北方的黑人和白人相处得更融洽一些,在北方不同种族之间几乎没有混杂。种族隔离开始于北方,虚伪的北方人将一切都归咎于南方。事实上,吉姆·克劳法在世纪之交才在南方开始实施。那时,外界开始使用被 C. 凡伍德沃德称为"黑人恐惧症"的说法,使得黑人穷人和白人穷人对立起来——两个群体本应是天然的盟友。

汀斯利舅舅帮我写论文——基本上是大块的口述听写——还让我读给他听。刚读了一小段,他就打断了我。他说我需要全身心投入到演说上。他曾加入华盛顿与李大学的一戏剧俱乐部,他向我展示了如何用手势表示强调,并懂得使用他所谓的意犹未尽的停顿。

第二天,轮到我给全班同学读我的文章,我不知道其他孩子是否感兴趣或者理解汀斯利舅舅帮我写的文章——我自己也不理解——这使得我太紧张,以至于手中的文章都抖起来了。汀斯利舅舅教我将注意力放在华丽的辞藻和一些诸如"白人的负担"、"黑人恐惧症"等短语上的方法,根本没起作用。

我努力使用他教给我的手势，但是却忘记了意犹未尽的停顿。相反，我开始快速读完文章，我的手势也变得乱七八糟。读完后，我抬起了头。一些人在窃窃私语，有些则在涂鸦，有些则在奸笑。大多数孩子看起来有些迷惑不解。

丁奇·布鲁斯特举起手："什么是'黑人恐惧症'？"他问道。

"你没必要知道，对于不喜欢黑人的人来说，它只不过是个夸张的词汇。"凡妮莎从教室后面扯着嗓子尖叫道，"蚕豆，你这个疯癫的白人女孩。"

全班人都捧腹大笑起来。"现在，凡妮莎，"贾维斯小姐说，她开始说教起来，但这时，看着全班人，她改变了主意："好吧，至少你们找到了能达成共识的一件事。"

第三十章

一天下午，莉丝和我在阁楼上四处翻找，打开所有箱子和柜子看看里面装着什么东西，我们发现了一把旧吉他。老鼠啃噬了琴颈，但莉丝拨弄了几下调音弦轴，宣称声音听起来相当好。我们把吉他拿下楼，汀斯利舅舅告诉我们它是妈妈的第一把吉他，那时她正是莉丝那样的年纪，从那时起，她就希望成为一名民谣歌手。莉丝将吉他拿到镇上的乐器商店，商店的店员给吉他换上新的琴弦，并调好了音。莉丝开始整个下午整个下午地待在鸟房里弹奏它。

妈妈曾试图教我们俩弹吉他。我是没希望的。乐盲，妈妈说。莉丝则显示了真正的潜力，但是她听不得任何批评，妈妈总是告诉她弹得不对，并不时将她的手指移到正确的位置。妈妈说，伟大的音乐家总是会遵循一定的章法，在你能遵循章法之前，必须先学习这些章法。所以她总是缠着莉丝练习，最终莉丝说："我已经掌握了。"

现在，因为没有妈妈在她背后盯着，莉丝可以开心地弹奏音乐，拨弄和弦，模仿电台的歌曲，能指出哪些弹得对，哪些不对，即使她弹错一个音节，也不会惹怒任何人。

之后不久，莉丝认定她需要换一把更好的吉他。百乐镇上的音像店橱窗里摆放了一把二手的银色吉他,优惠价一百美元,店员说那是把便宜货——所以莉丝决定用她存折储蓄账户里的钱买下它。自从"腋毛"事件以后,我想避开马多克斯先生,所以我没有过多为他做工。但是莉丝仍然帮他处理文件,并在他办公室帮忙,所以他又在她的账户里存进了近两百美元。

十一月份的一个星期一下午,就在我读"黑人恐惧症的文章"——班上每个人都这么叫——之后不久,莉丝骑自行车去镇上,计划到银行取出钱,买回那把吉他。吉他有背带,想着将吉他斜背在肩膀上骑车回家,她极为兴奋。

那天天色渐晚,天气寒冷,足以让人看到呼出的雾气。我穿着一件妈妈的海军豌豆外套,那是我从阁楼上找到的——不同于其他衣服,它看起来一点也不老气。我待在屋外,在房前用耙子将树叶搂成堆,这时莉丝出现在骑车道上。她身上没有吉他。

"发生什么事了?"我问道,"已经有人将它买走了?"

"我的钱不在银行里,"莉丝说,"马多克斯先生取走了钱。"

她将自行车停在车棚下,我们在车棚前面的台阶上坐下来。从银行回来后,她径直奔向马多克斯先生家,去弄清楚她的钱究竟去哪里了。马多克斯先生告诉她他已经将她账户里的钱取出来了,因为银行的利息太低了,所以他将钱买了短期国债,国债的利率更高,但是只有一年期满才能清算。他说这是明智的举动,要不是太忙,他早该提前告诉她的。当莉丝告诉他她想用钱买吉他,马多克斯先生说她将钱浪费在一时心血来潮上就是个傻瓜。他说,大多孩子下决心去演奏一种乐器,但是两个月后便失去了兴趣,他们或者他们的父母为这种该死的东西付出了金钱,最后也不过是占据了壁橱里的空间。

"我不敢相信,"莉丝说,"那是我的钱,马多克斯先生无权告诉我该用它们做什么。"

莉丝话音未落,汀斯利舅舅从房子里走出来,手里还拿着一把长柄勺子。晚饭准备好了。

"马多克斯先生?"他问道,"杰里·马多克斯?杰里·马多克斯怎么了?"

莉丝和我面面相觑。我们不能告诉汀斯利舅舅我们所做的事情。

"马多克斯先生不给我钱。"莉丝又说了一遍。

"你说什么?"汀斯利舅舅问道。

"我们一直在为他工作。"莉丝说。

"这是我们能找到的唯一的工作。"我补充道。

汀斯利舅舅盯着我俩看了好一会儿,什么也没说。接着他挨着我们坐了下来,将勺子放在台阶上,双手按着太阳穴。我不知道他在难过还是生气,厌恶或担心。也许他立刻明白了所有的事情。

"我们需要钱买衣服。"莉丝说。

"还有我们想帮补些家用。"我说。

汀斯利舅舅深深吸了一口气。"霍利德家族为马多克斯工作,"他说,"我从未想过会发生这种事。"他看着我们:"你们还瞒着我。"

"我们只不过不想让你难过。"我说。

"好吧,现在我知道了,我同样难过,"他说,"所以你们最好告诉我整件事情。"

莉丝和我解释了所有的事情,我们如何不想变成一个负担,所以我们去找工作,而马多克斯先生是唯一能提供给我们工作的人;还有马多克斯先生如何帮我们开了储蓄账户,但是现在当莉丝想去取钱买吉他时,马多克斯先生却将她的钱投资买了国债,所以她没有拿到钱。

汀斯利舅舅再次深吸了一口气,然后长叹一声。现在他看起来更多的是累。"如果你们第一时间找我,我会告诉你们跟马多克斯先生在一块,这种事情迟早会发生。他一向如此,他就是条卑鄙的蛇。"他站起身来,"我不想你们再和他有什么牵扯。"

"那我的钱怎么办?"莉丝问道。

"忘记钱的事吧。"他说。

"有两百美元呢。"

"就当买了一次教训吧。"

第三十一章

自从我发现谁是我爸爸后,我就住进了莉丝的房间。那天晚上,莉丝关上了鸟房里的所有灯,月亮又圆又亮,月光透过窗户洒在地板上。我们并排躺在床上,盯着天花板。

"我准备去要回我的钱。"莉丝突然说道。

"怎么要?"我问道,"汀斯利舅舅告诉我们不要去招惹马多克斯先生。"

"我不管。"她说,"那些钱是我的,我工作赚来的。"

"可是汀斯利舅舅说了——"

"我不管舅舅说了什么。"莉丝继续说道,"他懂什么?他整天把自己关在老房子里,吃着他的炖鹿肉。他不能理解需要一份工作是什么感觉,他从来没有这种体会。"她坐了起来,看向窗外,"那些钱是我的,我需要那笔钱。钱是我赚的,我得要回来。"

星期二放学后,莉丝骑上那辆蓝色施文牌自行车,冲到镇上去找马多克斯先生。我估计她一两个小时就会回来。直到晚饭时间,她还没回来。我走进厨房,汀斯利舅舅正忙着打开一罐番茄酱。他将番茄酱放进铜制炖锅,增加炖肉的鲜味。"来点活力。"他说,"莉丝呢?"

"她去处理点事,很快就会回来。"

"知道了。"汀斯利舅舅说。他往锅里倒了一些醋,接着盛出炖肉。

我将碗在饭桌上摆放好。做完饭前祷告,吃了几口后,汀斯利舅舅放下汤匙。"什么事?"他问道。

"什么?"

"你刚才说莉丝要去处理一些事。什么事呢?"他目不转睛地盯着我问。

我低头看着我的汤匙,努力编织一些说辞:"你知道的,那件事。"

"不,我不知道。"

"差事。"

"蚕豆,你是个糟糕的撒谎者。十分糟糕。你的眼睛在躲闪着看向别处,现在请看着我,告诉我莉丝现在哪里。"

我抬起眼睛,感觉我的下嘴唇在颤抖。

"我想你不必告诉我了。自从你们来这里之后,我只要求你们不能做两件事情。第一是不要去打工,但是你们出去找了工作。另一件是忘掉钱的事情,但是第二天,莉丝就去要钱了。"

"不要生我们的气,汀斯利舅舅。莉丝只不过是想要回她的钱。

那些钱是她的。请不要将我们赶出去。"

"我没打算把你们赶出去,蚕豆。"汀斯利舅舅说,"我想我们必须等她回来,听她怎么说。"

接下来的晚饭时间,汀斯利一直在看他的手表。"天晚了,"他说到了一个重点上,"她真不应该在外面待这么晚。"几分钟后,他说:"我得去保护这个女孩,一直到她头发变白。"接着他又补充道:"她真正需要的是一顿狠狠的老式的鞭打。"

正当我们站在厨房的水槽边洗着碗时,听到门外有人敲门。我跑过去看门外是谁,顺手打开了门廊上的灯。我打开门,发现门外站着一个陌生人,用胳膊搂着莉丝。她在哭,眼睛通红且有些浮肿,脸和下巴上带着淤伤,衬衫被撕破了。她低着头,双手捧着饮料杯子用吸管吮吸着,但是饮料已经被喝光了,只剩下冰块咯咯的响声。

"莉丝?"我说。她没有抬起头,当我试图去拥抱她时,她转身躲开了。

汀斯利舅舅出现在我的身后。"发生什么事了?"他问道。

"霍利德先生,我不知道她是你外甥女。"那个男子说。他很瘦,长着黑色的头发和胡须,穿着一件蓝色的机械师外套,口袋上缝着名字——韦恩。"发生了不好的事情,霍利德先生。"

"到底发生了什么事?"

韦恩解释说，他在一个汽车修理厂工作，空闲时还兼职做司机，百乐镇不需要很多出租车。杰里·马多克斯偶尔雇用他，虽然马多克斯先生有超炫的勒芒车，但他仍然花钱雇司机载他去开会场所，让他看起来就像个配有专门司机的大亨。"马多克斯说那样能增强排场。"

"言归正传，韦恩。"

韦恩那天下午在汽车修理厂工作到很晚，正好碰上马多克斯先生载着一个年轻女子出现。他说勒芒车上的化油器出了毛病，但又有会议要参加，所以他想让韦恩开车送他和女孩前去。韦恩说，他们坐进车后，马多克斯先生就将他拉到一边说那个女孩是个妓女，在到达会议地点之前可能会有些"后座活动"。

"上帝呀。"汀斯利舅舅说。

韦恩继续说，他们开始开着车在小镇上兜圈，在很多地方停下来，他和女孩待在车里等，而马多克斯先生进去办事。夜幕降临时，女孩开始向马多克斯先生抱怨说还没有拿到她的钱，说什么"那是我的钱，我赚的"。马多克斯先生不断告诉她说她会拿到钱的，但首先她需要做他想做的事情。韦恩想，这不过是一名妓女在跟一个男人在嫖资上讨价还价。争吵逐渐激烈起来，女孩声音越来越响，越来越愤怒。接着，韦恩从后视镜里看到马多克斯先生反手打了她，女孩哭了起来。马多克斯先生发现韦恩的目光，"眼睛看着路。"他说，"我雇你来不是监视我的，我是雇你来开车的。"

那时天已经黑了，车子穿过小镇期间，韦恩听到了两人的争吵。女孩乞求马多克斯先生停下，他反手抽打了她很多次。然后他们在红灯前停下，女孩突然跳下汽车，马多克斯先生也跳下去追她，但女孩围着车跑来跑去，突然重新跳回车里，坐在了韦恩的身旁，并锁上了车门，"开车！"她尖叫道。

韦恩快速启动了车子，将马多克斯先生独自留在了街角处。女孩抽泣着，衬衫被撕掉了一半，她用双手将它拢在一起。韦恩说，马多克斯曾提到，那是他施展同情的方式，因为嫖娼也可能是一种粗线条的工作。但是女孩说汀斯利·霍利德是她的舅舅，她想让韦恩带她到梅菲尔德。韦恩说，那时，他才意识到她并不是什么妓女。

"她非常难过，霍利德先生。"韦恩说，"但是我在越南待过，我懂得如何应付失意的人。所以我在公园小吃店前面停下车，给她买了一瓶可口可乐。"韦恩不停地在我和汀斯利舅舅之间打量着，希望我们有所反应。

"谢谢你这样做。"汀斯利舅舅说，"我知道这并不容易，但是你做得对。"

"马多克斯先生一定很生我的气，但是我不在乎。我很生他的气，他所做的事情是不对的。那是错误的——我会作证的。"

我不知该说些什么。我再次试着去拥抱莉丝，这次她没有躲开，但是她整个身体十分僵硬。她的肩膀让人感觉如此消瘦和柔弱，以至于我觉得如果抱得太紧，就会将她的骨头揉碎。接着杯子从她手中掉落，冰块散落在地板上，她倒在了我怀里。我觉得如果我没有扶住她，她会直接摔倒在地板上。

"感谢你所做的一切，韦恩。"汀斯利舅舅说，"你是个好人。"他一向很吝啬，但是这次却从钱包里抽出二十美元，递给韦恩。

"我不能接受，先生。"韦恩说，"我这么做不是为了钱。"

"我一定得给你。这事发生后，马多克斯肯定不会付你钱。"

"好吧，那么，非常感谢。"

"谢谢你，韦恩。"汀斯利舅舅说，"接下来，我们会处理这件事。"

他打开房门，韦恩走了出去，向莉丝和我点点头说，我会帮你们的。

我再次抱紧莉丝："莉丝，你还好吗？"

她摇了摇头。

"接下来我们该怎么办？"我问汀斯利舅舅。

"给莉丝洗干净，让她上床休息。"他说。

"难道我们不应该先报警吗？"

"我不知道这是不是个好主意。"汀斯利舅舅说。

"我们必须做点什么。"我说。

"我告诉过你们要离马多克斯远一点，但是你们不听，所以麻烦找上门了。"

"不过，我们必须做点什么。"我说。我轻轻摇了一下莉丝："你不觉得吗?"我问她。

"我不知道，"莉丝说，"我真的不知道。"

"难道你不想起诉吗?"我问道。我一直在想着韦恩说他会作证，那听起来好像去警察局是必然的选择。

"我不知道。"她又说道。

"事已至此，"汀斯利舅舅说，"即使起诉，也于事无补。那只会制造出更多的麻烦——以及更多的丑闻。"

"你想做什么，莉丝?"

"我只想洗个澡。"

第三十二章

我带莉丝去洗澡。我担心那可能会破坏证据什么的,但是莉丝确实想要洗个澡。她还希望水尽可能地热。她请求我留下来。

"发生什么事了,莉丝?他真的……"

"他想……但是我不想谈这个。"

"你还好吗?"

"不好。"

"我们真的不用去医院?"

"那是我最不想做的事。"

"可是你可能受伤了。"

"我不想让人给我做检查。"

"你担心会怀孕吗?"

"不。他没有……我说过我不想谈论这件事。"

莉丝爬进浴缸里时,仍然穿着内衣。她没解释原因,但是我能理解。

"你很聪明,莉丝。"我说,"你摆脱了马多克斯,就像我们摆脱了新奥尔良的那个变态。"

"我并不聪明，"她说，"如果我聪明的话，我就不会坐进那辆车。"

"别那么想。毕竟你还是逃脱了。"

洗完了澡，莉丝上了床，拉过被子把头蒙上，说她想一个人待着。我走下楼，汀斯利舅舅还在客厅里，正拨弄着壁炉里的火。我试着给妈妈打电话问她，我们当务之急该如何提交指控，但是电话没人接。

"我们应该去警察局。"我说。

"那不是个好主意。"汀斯利舅舅说。

"或者至少找个律师谈谈。"

"这样的事情最好控制在家庭范围内。"

"事情比韦恩说的还糟。莉丝告诉我马多克斯想要强奸她。"

"噢，上帝。"他说，"可怜的女孩。"他用手梳了一下头发，"可是，无论怎样都于事无补。那只会让事情变得更糟。"

"但是马多克斯难逃干系。"

"你不了解马多克斯。"他说。他继续说，我们可能一直为马多克斯工作，但是我们不了解他究竟是什么样的男人。马多克斯最喜欢打架。对许多人来说，将对方打倒就意味着战斗结束了；但是对于马多克斯来说，这正好是狠狠踢打对方的最好时机。

马多克斯好多次因为打架而上法庭。县书记官那里有一份足有一英里长的卷宗，上面列着所有马多克斯被卷入其中的案件。他因边界之争而起诉邻居。他起诉医生治疗不当。他起诉干洗店员，声称他们把他的衣服洗缩水了。他起诉机械师，说他们没修好他的车。他起诉镇上的官员，只因在他行走的道路上出现了一个坑。大多数人将法庭看做一个追求正义的地方，但是马多克斯却将法庭视作打败任何人的地方，那些碰巧挡了他的道或者站在他对立面的人。

汀斯利舅舅说，这些早在多年前马多克斯就学会了。那时他住在罗德岛州的一个公寓里，他偷走了房东太太的一些珠宝。警察搜查了他的房间，并发现了那些珠宝，马多克斯被定罪。后来出现了一名民权律师，辩论说警察未经允许无权搜查马多克斯的房间。如此一路辩论到罗德岛州最高法院。最终马多克斯胜诉，虽然所有人都知道他有罪。正因为那件事，马多克斯成为一名贪婪学习法律的学生，因为他意识到有罪和无罪都是偶然的，懂法律的人同样知道如何歪曲法律。

"他总是吹嘘赢了那场官司。"汀斯利舅舅说，"他总是使用肮脏的手段。所以你们不要想着去跟他争辩。"

"我们能做什么？假装什么事也没发生？"

汀斯利舅舅用拨火棍猛戳了一下柴火，火花飞上了烟囱。

我返回鸟房。汀斯利舅舅想假装什么事都没发生，让我怀疑妈妈说的关于她的家族的事情是真的——他们在假装方面都是专家。

莉丝仍用被子蒙着头。我从一直被我保存在白色摇篮里的雪茄烟盒中拿出爸爸的照片和他的银星勋章,将它们拿到浴室里,在灯光下研究起来。

我用手指抚摸着被大的金色之星环绕着的小银星,幻想爸爸如果在的话,他会给我什么样的建议。我看着他,他正咧嘴大笑,倚在门框上自信地将双臂交叉在胸前,当然我知道查理·怀亚特永远不可能这么做。他肯定从未假装什么事都没发生过。

第三十三章

第二天早上，我在莉丝之前起床，下楼去给她泡一杯茶。汀斯利舅舅正在厨房里忙着。他开始谈论昨天夜里的霜冻过于严寒，每年这个时候，鸟类，尤其是蓝鸟，总想飞进窗户里，却咚地将头撞在了玻璃上。"总是吓我一跳。"他说，"它们被吓得更厉害，我猜想，它们有时会反弹回去，有时因为撞得太厉害，玻璃会将它们撞晕过去。"

很明显汀斯利舅舅不想提及马多克斯的事情，他希望我们忘掉整个事情，然后继续生活。躺在床上，经过一晚上的时间，我已经决定莉丝和我至少该去见个律师。我不了解警察、法庭和法律是怎么回事，但是我确实知道每个人有律师，连那个《杀死一只知更鸟》里的黑人家伙也有律师。我估计汀斯利舅舅认识镇上的每一个律师，但是既然他想让我们忘记整件事，请求他推荐一名律师，或者告诉他这个计划，也没任何意义。我有个同班同学，比利·卡宾，他的父亲是律师。我能在电话簿上找到他的联系方式。

我上楼将茶端给莉丝，她已经醒了，仍躺在床上。相比昨天晚上，她的脸肿得更厉害了，淤伤也更严重。"别想让我去学校。"

她说。

"你不必去学校。"我说。我将茶递给她,并向她解释了我的计划——我们俩一起去见比利·卡宾的爸爸。

"随便你想怎样。"莉丝说。她听起来有些恍惚。

离开家之前,我试着再次给妈妈打电话。我确定她一定希望我们去起诉,因为她总是支持女性站起来捍卫自己的权利。话虽如此,但是对于妈妈,你永远猜不到她会作何反应。电话响了很长时间,但是仍然没人接。这让我想弄清楚妈妈到底在哪里,因为她是一个不喜欢早起的人。

没有乘公共汽车,莉丝和我步行走到镇上。太阳升起来了,慢慢融化着霜冻,虽然在太阳还未照到的地方,草丛仍然呈现白色而且僵直状。我们经过一群鸸鹋,它们在远远的田野的另一边啄着草,但是我们并没有停下来观赏它们。

我们来到霍利德大街,我发现了一个电话亭,请求操作员拨一个对方付费的电话给妈妈。电话仍然没人接。我曾想过到山上去找艾尔婶婶谈谈这件事,但是她不会给我什么建议。如果她建议我们起诉这事让马多克斯先生知道了,他会让她的生活变得更艰难。无论如何,当务之急我们得找个律师谈谈。

我从电话联系簿上一系列线索中找到了卡宾先生的地址。他的办公室在一家鞋店上面,要通过一个摇摇晃晃的楼梯上去。他办公室的门是一扇磨砂玻璃,上面刻着"威廉姆·T.卡宾律师"。我们敲了敲门，没有人应答，门是锁着的。

"我们等一下。"我说。我们坐在最上层的楼梯上。过了一会儿，一个男人爬了上来，手里提着两个大公文包。他看起来很疲倦，顶着黑眼圈，衣服凌乱不堪。

"卡宾先生？"我问道。

"我就是，不会有第二个。谁找我？"

"我是蚕豆·霍利德，这是我姐姐。我们想找你谈谈，有关法律问题。"

他微微一笑："让我猜一下，你们的妈妈遗弃了你们，你们想起诉。"

"是很严重的事。"我说。

他掏出钥匙打开了门。"我怀疑它的严重性。"他看着莉丝说，"发生了什么事？"

"正是我们来这里想要说的。"我说。

卡宾先生的办公室乱糟糟的，法律书打开着，法律文件堆得四处都是。我认为这是一个好迹象。任何请不起秘书来保持办公室整洁的律师必须诚实。

卡宾先生让我坐在面对着他办公桌的皮革椅子上，而他则慢吞吞地清理着桌面上的文件。"现在，告诉我所发生的事。"他说。

我清了清喉咙。"事情有些复杂。"我说。

"通常都很复杂。"他说。

"并且很糟糕。"莉丝补充说。这是我们到达镇上后莉丝说的第一句话。

"你们也许不能告诉我什么我以前没有听说过的事。"他说道,"如果一个律师对客户告诉他的事情做不到闭紧嘴巴,他就不可能会是一位好律师。"

"你怎么收费?"我问道。

他笑着摇了摇头:"我们先别担心这一点。让我先听一下到底是什么问题。"

"这牵扯到杰里·马多克斯。"我说。

卡宾先生扬起了眉毛:"我想那很复杂。"

之后,整个故事被和盘托出。卡宾先生静静地听着,他紧扣着的双手托着下巴。

"韦恩告诉我们他会作证。"我说。

"真是一团糟。"卡宾先生说,几乎是自言自语。他捏了捏鼻梁,"所以,你们没有去过医院或者警察局?"

"我想先跟律师谈谈。"

"你们的舅舅为什么没有跟你们一起到这里来?"

"他想让我们忘记已经发生的一切。"

"那么你们想忘记它?你们想起诉?"

"我希望舅舅用他的猎枪将马多克斯的脑浆打出来。"我说。

"我会假装没听见你刚刚说的。"

"那当然不会发生,所以我们来这里想弄清楚我们该做什么,用法律的智慧。"

"你们该做什么倒不是真正的问题,你们想做什么才是更大的问题。"卡宾先生拿起一个文件夹,并将它打开。我们有两种选择,他继续说。第一种,我们可以起诉,这可能会引起轩然大波和肮脏的审判,以及造成非常可怕的公众舆论,但结果也许会导致马多克斯先生为自己犯下的罪行受到惩罚。但从另一方面来说,没人能保证这样的结局。第二种选择,我们可以将这件事当做一件偶然事件,审判可能对当事人双方都不利——因为莉丝是自愿坐进马多克斯的汽车后座的——没必要在公开的法庭审判中将细节描绘出来,然后镇上的每个人会跟着不断重复肮脏的细节。

"怎么做才是正确的呢?"我问道。

"我不能为你们做决定。"他说,"你们俩得做出决定。而不幸的是,你们不能在所谓的正确的选择和不正确的选择中做取舍,因为每一种选择都有它的坏处。"

"我们又不能什么都不做。"我说。

"为什么不行?"卡宾先生问道。

"因为马多克斯所做的事情是错误的,"我说,"还因为到时候他会四处笑着说他如何把这件事打发掉的。"我身上就发生过这样的事。"而且他还会故伎重演。"

"极有可能。"

"我们不能让这种事再次发生。"

"你认为他还会再试一次吗?"莉丝问道。

一直都是我在跟律师谈话,听到她张口说话我感到有些吃惊。

卡宾先生耸了耸肩:"就像我说的,那很有可能。"

"我只不过不想再次发生这样的事情,"莉丝说,"我害怕他再做一次。我甚至害怕遇到他。"

"你们还可以离开小镇。"卡宾先生说,"你们不能跟你们的妈妈待在一起吗?"

"去年夏天我们尝试过,"我说,"效果不是很好。简而言之,马多克斯攻击了我的姐姐,而我们得选择躲起来?这样做是不对的。"

"不,不是这样。尽管如此,这不失为一种选择。"

"我不知道该做什么。"莉丝说,"我心乱如麻,蚕豆,你觉得呢?"

"事情本身就比较乱,"我说,"如果我们连起诉都不做的话,这件事真的就像从未发生过。"

"从法律上来讲,这是真的,"卡宾先生说,"如果你们肯起诉,之后你们可以随时撤销,但是请记住,这些事情有时会有它们自身的发展势头。"

"好吧,"我说,"如果我们不想假装事情从未发生过,又不想离开小镇去躲起来,我们别无选择,我们只能起诉。"

卡宾先生放下他的文件夹:"蚕豆·霍利德,你多大了?"

"十二岁。到四月份我就满十三岁了。"

"你还有点小——做出这样的决定,如果你决定继续,前提条件是你得让你舅舅陪同。"

"他会生气的。"我说。

"我来打电话给他。"卡宾先生拿起电话拨了号码。"汀斯利,"他对着话筒说,"我是比尔·卡宾。"他解释说莉丝和我正在他办公室里,并且我们决定起诉马多克斯先生,因为他昨天晚上的性侵行为。他停止说话,听着话筒,接着摇了摇头。"不,先生。这不是我的建议。她们来找我,我向她们列出了几种选择,她们就做了决定。"他继续听着话筒,接着他将电话递给了我。"他想跟你谈谈。"

"你们到底在做什么?"汀斯利舅舅问道。

"我们准备起诉。"我说。

"我认为你们应该放下这整件事情。"

"他会认为他可以再次犯案。如果他再犯的话怎么办?到那时候我们该如何做?随他去?躲着他?我们不能这么做。所以我们将起诉。"

长时间的沉默。

"我到治安官的办公室见你们。"

卡宾先生打电话到治安官部门,并告诉他们我们正赶过去。当我问他我们欠他多少钱时，卡宾先生回答说这是公益性服务。那意味着是免费的，莉丝解释说。

"所以你会成为我们的律师？"我问道，"无偿？"

"如果你们起诉，州检察官会成为你们的律师。"卡宾先生说，"你们不需要我。"

"哦。"我说。

治安官部门设在一座低矮的砖造平顶建筑里。坐在办公桌后面的值班员看到我们似乎不太高兴。另一个家伙也没笑容。他让我们在大厅里等着，而他将莉丝带到后面去做笔录。

几分钟后，汀斯利舅舅从门外进来，穿着他的粗呢夹克，头上戴着灰色的毡帽。他紧挨着我坐在旁边的一把橙色塑料椅上。我们什么也没说，片刻之后，他伸出手，拨弄着我的头发。

没多久莉丝就回来了。

"事情怎么样？"看到她出来，我问她。

"他们拍了一些照片，问了一些问题，我回答了他们，可以了吗？"她说，"我们回家吧。"

第三十四章

等我们回到梅菲尔德，上课时间已经过去了一半。汀斯利舅舅说，鉴于已经发生的一切，我们不如待在家里休息放松一下。几个小时后，我们听到有辆车轰鸣着开了过来。我走近窗前，看见马多克斯的黑色勒芒车尖叫着停了下来。多丽丝·马多克斯走下车，怀着孕的肚子变得更大了。她摔上了车门。莉丝在楼上的鸟房里，汀斯利舅舅和我出来迎接多丽丝，她跟着我们来到玄关。

有那么一会儿，我真诚地相信多丽丝是来道歉并试图平息事态的。她会不停地在那里抱怨她那没用的无赖丈夫——总是跟女人鬼混，脾气恶劣可怕，到处打架，还爱胡说八道。我还以为多丽丝会说些"看，我丈夫所做的一切是错误的，但是他挺为我和孩子们着想的，如果你们继续这么做的话，那会伤害我的家庭的"诸如此类的话。

但是当我看见多丽丝的脸时，我意识到她不是来赔罪的。她嘴巴紧紧闭着，眼睛里充满怒火。

"该死的，你们想过你们在做什么吗？"她大喊道，"你们也敢？你们怎么敢？我们对你们做了什么？"

她说执法员已经到她家逮捕了她丈夫,将他带到拘留所,让他按了手印,然后关进了一间牢房。他的律师正在申请保释,杰里今天就会出来。

我们不知道我们将面临什么,多丽丝说。我们选错了要挑战的人。她的丈夫懂全部的法律,他赢得了无数的诉讼。他曾因一场官司一直打到罗德岛州最高法院,并且最终打赢了。我们会为我们先挑起事端而感到后悔,但是"没有陪审团会相信一个荡妇的谎言"。

起初我惊呆了,但是当听到多丽丝开始威胁我们,还想控告我们撒谎,我顿时火冒三丈。"你不要那么趾高气扬,"我说,"我们有目击证人。他会证明所发生的一切。你的丈夫伤害了莉丝,但是现在你却假装他是个圣人,还谈论你们会对我们做什么。"

"你姐姐是个婊子!"多丽丝喊叫道,"我丈夫雇用她做他的私人秘书,他付她工资,培训她,信任她,他还给她买漂亮的衣服,并且待她如皇后。我们知道你们就像小偷一直从我们这里偷东西。你姐姐昨天喝了酒,她在车后座上对杰里动手动脚。他拒绝了她,她就编造了这样一则扯谈的故事。她出去是想讨好他,跟他讲和的,因为他将你一文不值的舅舅解雇了。你们认为你们掌握了证据?好吧,我们也找到了我们的证据。我们手里有一个伏特加酒瓶可以作为证据,上面到处都是你们姐妹俩的指纹。"

我不知道她在说些什么,因为我生平从未喝过伏特加,并且我也十分确定莉丝也没喝过,但我还是将它从我的脑海里删除掉。"你可以为所欲为地歪曲事实，"我说，"但是你清楚你的丈夫确实犯了罪。我不管他是什么大人物，真相总会水落石出的。"

"当你们的事情公之于世时，"多丽丝说，"你无法再在这个镇子上露面。记住我说的话，我的丈夫会毁掉你们！"

多丽丝爬回了勒芒车里，关上车门，猛地调转方向，接着快速冲向了车道，轮胎将地面上的砾石激得四处飞溅。我注意到我将两只手放在臀部，强压着怒火没有向她竖起手指，因为我知道如果汀斯利舅舅看到会感到震惊。"她以为她可以吓唬我们，但是那并不能奏效，对吧？"

"一场狗屎般的风暴将会到来。"汀斯利舅舅说。

这是第一次我听到他说脏话。

第三十五章

那天晚上，莉丝宣布第二天她绝不可能上学，汀斯利舅舅和我都没能说服她。

第二天早上，我到达公交车站时，我看出来，每个人都知道了这件事。在这样的小镇上，消息传播得特别快。消息的来源是一位执法办事员告诉了他的姐夫，汀斯利·霍利德的外甥女起诉了杰里·马多克斯，不出几个小时这个消息已经成为理发店和美容店里的谈资。其他孩子公然谈论，他们看见我时，便开始互相发出嘘声，嘴里说着"她来了"、"别出声"以及"另一个去哪了？"之类的话。

我到了学校，在第一节课之前尚有时间去一趟图书馆，那里每天都备有一份《百乐日报》。我期待着看到马多克斯的被捕成为大篇幅的头版头条，因为这份报纸总是喜欢刊登当地的一切事情，不论事情有多小——一匹马被困在了池塘里，某个人的工具房着火了，或是一个农民种出了五磅重的西红柿。马多克斯的故事没有出现在首页上，甚至第二页和第三页上也没有。最终我在最后一页上找到了它，在"警情通报"版块的下面，标题叫做"纺织厂老板被

控诉",全文如下:

  杰里·马多克斯,四十三岁,霍利德纺织厂厂长,被控攻击当地一名十五岁的女孩,她的名字因为年龄不便公开。目前他已被保释,审判时间待定。

  我很震惊。我以为这个故事会是则大新闻,肯定比五磅重的西红柿这样的新闻大得多,况且它还涉及百乐镇重量级的人物。的确,人们把它当做流言蜚语在谈论着,但却不了解事情的真相。我一直指望着全镇的人通过阅读官方公布的新闻来了解到底发生了什么,我认为那也是惩罚马多克斯的一种方式,以确保他不会再犯。

  那篇文章甚至连"强奸未遂"这样的字眼都没出现,好像报纸编辑怕将这个词拼写出来。"攻击",这是什么意思?它可以是某种意思,也可以什么都不是。人们将要从《百乐镇日报》上读到的也许是,在某个停车场马多克斯同样也会猛推某个女孩,如果她顶撞了他——许多争论会倾向于将它视为轻微的交通事故。

  当天接下来的时间变得更糟糕。在餐厅里,孩子们总是盯着我看,当我发现他们在看我时,他们立即看向别处。女孩们窃窃私语,咯咯地笑着,指指点点。男孩子们嘲讽地傻笑,扯着公鸭般的嗓音喊着诸如"救命!救命!我被性骚扰了!"之类的话。

  在去上英语课的路上,我遇见了凡妮莎。她看见我,摇了摇头。"诉诸法律,"她说,"那是白种人才会做的事情。"

"你会怎么做?"我问她。

"一开始我就不会跟马多克斯先生坐进任何车,"她说,"你爬进后座,跟老板坐在一起,你肯定期待会发生点什么。事情就是这样。"

莉丝决定第二天仍然不去学校。她说,直到脸上的淤青消失,她才会走出房子。这是星期五,就是那篇报道文章登出的第二天,在学校的餐厅里,事情变得更坏。学生们一直在我背后窃笑,将纸揉成团往我头上扔,还有人试图绊倒我。那天晚上有和橙色黄蜂队的足球比赛,那一周我也没去帮忙打气,莉丝也没有心情编造振奋观众情绪的押韵词和双关语。在本周初的时候,我还想出"橙色,你害怕吗?"这样的句子,但是特里·普瑞特,拉拉队顾问,认为那会让一些孩子摸不着头脑。不过,海报制作好了——口号是"重创黄蜂队"——到了星期五,全校师生聚集在体育场进行每周赛前动员会。

到了我跟凡妮莎带动七年级学生的时候,这样我们班就可以赢得代表着坚持的精神棒,我们走在向体育的地板上,开始将拳头挥向空中。我们为得到来自人群的回应。坐在观众席上的大多数人只是盯着我们看,似乎他们无法相信我竟然还有勇气站在那里。我继续努力着激发他们的情绪,有一些孩子敷衍地欢呼起来,然后发出嘘声，接着是更多的嘘声。然后垃圾开始接踵而至——吐出的痰，一包玉米坚果，硬币，一卷实物。我瞥了一眼凡妮莎，她正推挡着躲过杂物，面带坚定的表情，跟上次足球比赛时我看到的她姐姐被可乐瓶砸后的表情一模一样。我试图仿效凡妮莎，无视那些垃圾和嘘声，但是嘘声越来越响，而欢呼声却完全消失，我发现再继续下去已经毫无意义。我走下台阶，只剩下凡妮莎一个人在那挥舞着精神棒。

特里·普瑞特站在门口。"你还好吗，蚕豆？"她问我。

我点点头："但是我认为我得退出拉拉队。"

她拍了拍我的肩膀。"这可能是最好的选择。"她说。那天下午，我到达停车场，准备上车回家。几个从山上来的男孩子开始向我围过来，用他们的肩膀推搡我，嘴里还说着："我是杰里·马多克斯，你不害怕我吗？"一个老师看见了，却转移了视线。乔·怀亚特也看见了，他走了过来。

"嘿，小妹，你在干什么？"他说，接着他转向那伙男孩："你们都知道她是我堂妹，不是吗？"

男孩们走了，但是他们使我错过了巴士，所以乔提出要陪我走回家。"那些人就是混蛋。"他说。

我们一起静静地走了好一会儿。那是一个清新的十一月的下午，离开镇上，走在回梅菲尔德的路上，能闻到从农家烟囱里飘出来的柴火的味道。"如果你想谈论整件事情，那就谈，"他说，"如果你不想谈,我们可以谈谈栗子。"

这时候,我想做的最后一件事就是重新整理整个混乱局面。"我们来谈谈栗子吧。"我说。

乔说,这正是一年中收获栗子的季节。大多数栗子树死于严重的枯萎病,但是他知道在山上哪里能找到少数的幸存者。栗子采来后,他妈妈会将它们放在一个用旧油桶做成的炉子上烤。"也许明天,"他说,"我们可以采集一些栗子。"

第三十六章

自从四天前去见警察之后,莉丝未踏出房门半步。她甚至几乎没离开过鸟房,一直都是我用银质托盘将炖肉给她端上楼。她还困惑于提出控告是否是对的,整个事件是否全是他的错,因为她竟然愚蠢到相信自己能要回钱——如果她跟马多克斯乘坐同一辆车的话。她幻想着如果怪人将我们带回失落湖,我们的处境是不是会变好。

"别再多想了。"我说。

"我无法控制自己,"她说,"我无法控制自己的思想。"她说她脑海里争吵如此激烈,让她感受到不同的声音,有的赞成她,有的反对她。一个声音不停地谈论《爱丽丝梦游仙境》中的"吃掉我"蛋糕,它说一片面包会让她长到令人害怕的高度。另一种声音则推荐爱丽丝的"喝掉我"瓶子——喝一口就会使她变小,任何人都看不见她。她知道这些声音都不是真实的,但是这些听起来就像是真的。

莉丝和她脑海里的声音让我很担心。我一直尝试给妈妈打电话,但是每次都不走运,但是我清楚她会说莉丝需要做的就是走出房子，呼吸一些新鲜空气，清醒一下头脑。所以星期六早上，我坚持让她跟我一起去怀亚特家，一起去采集栗子。

"我觉得我不喜欢采栗子，"莉丝说，"而且我的脸还一团糟呢。"

"我不管，"我说，"你得出去走走。"

"我不想出去。"

"太糟糕了。你得走出去。不能永远待在这里。"

莉丝坐在床上，还穿着睡衣。我开始从抽屉柜里扯出她的衣服，扔给她，打着响指催促她快点穿上。

汀斯利舅舅看到莉丝起床穿上衣服很开心。为表示庆祝，他打开一罐维也纳香肠，来搭配我们的煎蛋。吃过早餐，我们骑上施文牌自行车出发去山上。艾尔姆婶像往常一样在厨房里。锅里正煮着燕麦粥，她正在将奶酪磨碎加进去。她一见到我们，就给了我们大大的拥抱，还要给我们盛燕麦粥。莉丝说我们已经吃过早餐了，她已经饱了。

"我还有一些空间可以吃。"我说。

艾尔姆婶大笑起来，递给我一碗。

"我希望你们知道，关于你的故事，我相信你说的每句话。"她对莉丝说。整个镇上的人在起诉这件事上分化成两派，她继续说道："很多人不相信你，但是仍有很多人相信你。"问题是，她继续说下去，那些相信的大多数人不能站出来说相信你。他们都是好人，但是他们害怕。他们都有工作，他们承担不起失去工作这样的事情，所以他们不想站在杰里·马多克斯的对立面。但是他们看到有其他人站出来反对他很开心。"你是一个勇敢的女孩。"

"或者很疯狂。"莉丝说。

"那不是疯狂。"我说，"什么才是疯狂？假装什么都没发生，那才叫疯狂。"

艾尔婶婶拍了拍我的胳膊："你可不止一点点像你爸爸，孩子。"

乔走进厨房，从里面拿出两个装面粉的袋子。"再给莉丝找一个袋子，"艾尔婶婶说，"动脑子想想吧，也给我一个。我几乎没离开过这座房子，除了去那个讨厌的纺织厂工作。"

乔将厄尔举到了肩膀上，然后带领我们抄小路穿行在怀亚特家房子后面的树林里。起初，地面上覆盖着茂密的荆棘，但是当我们进入树林深处，荆棘变得稀疏起来。树叶几乎落光，阳光穿过光秃的枝丫照射下来，你能看见已经枯死的树干，倒下去的树枝，以及浓密的藤蔓盘旋攀附着树干，一直到达树的顶部。

作为女人，一生大部分的时间都待在厨房里，艾尔婶婶在家恪守女人的本分，就像一个小孩外出探索，预先制定好了轨道。她告诉我们，她还是小女孩时，采集栗子是她最喜欢的家务。她家的农场就在森林的边缘，那里长满了栗子树，其中一些栗子树因为过于粗壮，以至于三个成年男子的胳膊长度加起来都不能绕树干一圈。

一棵高大的栗子树正好紧挨着她家的房子生长，第一次霜冻降临，栗子密密麻麻地从树上掉落下来砸在屋顶上，声音听就来就像在下暴雨。她和她的十个兄弟姐妹们天未亮就起床去采集栗子，之后拿到镇上去卖，用赚来的钱去购买生活所需，比如鞋和印花棉布。

在三十年代，她大约八岁时，一场从中国传入的枯萎病开始杀死栗子树，扼住了森林的喉咙。就在短短几年内，所有漂亮的大树变成潜伏着死亡气息的庞然大物。"人们说这看起来就像世界末日，在某种程度上，这就是。"她说。以栗子为生的野火鸡和鹿消失了；那些喜欢捕猎游戏和依靠栗子作为经济来源的农场家庭，被迫离开这片土地。他们搬到了像百乐镇这样的镇子上，他们在那里的纺织厂中做工。

"只有很少的栗子树存活下来。"艾尔婶婶说，"乔知道其中一些树的位置，但是他不会告诉大多数村民它们具体在哪儿。"

"它们需要静静地待着。"乔说。

过了一会儿，通向山上的小路开始陡峭起来。我们来到一处地方，看见地上躺着一个废弃的拖拉机轮胎。我们停止前进，然后推开树枝。几分钟后，乔指着树林深处长着深色树皮的一棵树。它的两个笔直的树干向上高耸着，树上渐趋变黄的锯齿形叶子还未从树枝上掉落。"第一次乔指给我看这棵树的时候，"艾尔婶婶说，"我不骗你，我直接跪倒在地上，哭得像个孩子。"

当我们到达树基时，乔将厄尔安置在一个倒下的圆木上，顺手拾起一个刺手的板栗壳,递给我。它轻得几乎没有一丝重量。他指着树皮上一个茶碟一般大小、呈铁锈色的斑点说:"得了枯萎病,但是还没杀死它,"他还指出四棵稍微小点的栗子树,一些新的嫩芽正从老的树桩上生长出来。"我相信它们是在寻找一种办法来抵抗枯萎。"

"《约伯记》十四章七节,"艾尔婶婶说,"'树若被砍下,还可指望发芽,嫩枝生长不息;其根虽然衰老在地里,干也死在土中,及至得了水气,还要发芽,又长枝条,像新栽的树一样。'"

我看向莉丝。她正抬头凝望着直刺向天空的孪生树干。"你在想什么?"我问她。

"当枯萎病杀死了它的兄弟姐妹们,这棵树该有多悲伤啊!"她说,"你是不是觉得它在想为什么它是唯一存活下来的吗?"

"树是不会思考问题的,"乔说,"它们只是自然生长而已。"

"现在我们无从知道事实真相,"艾尔婶婶说,"我们只知道思考生存的原因无益于生存本身。"

树林非常静谧,除了偶尔有松鼠猛地冲出来,它们经过的地面,潮湿的树叶纷纷被搅动起来。我们都跪了下来,开始收集栗子。

第三十七章

到了星期一，莉丝的脸色看起来好些了。汀斯利舅舅和我都觉得是时候让她重返学校了，虽然她还是不想去。坐在鸟房里，一直冥想，听她脑海中的声音，对她不会有任何好处。

莉丝那天早上花了很长时间才穿好衣服，她动作慢得就像在水底下行动一样，将袜子穿上，然后再脱下来。不停地翻找着衬衫，还说她找不到一件想穿的。我担心我们赶不上巴士，一直催她行动快一些，说她在虚度光阴，但是她坚持说她已经尽可能快地行动起来了。我们还是错过了巴士，因为汀斯利舅舅痛恨将汽油浪费在不必要的汽车之旅上，所以我们决定步行去学校。我们到达学校时，已经开始上课了。我们俩都迟到了——这是我们第一次迟到。

我还没有告诉莉丝，自从我们提出指控后，我一直被人嘲笑的事情。如果告诉了她，等于是让她又多了一个不去学校的理由。当我们走进教学楼大厅，人们有意躲开她，或是远远地，或者退后一步。平时忽视她的女孩子们，现在却毫不吝啬地大声耳语来让莉丝听见，一些女孩还发出尖叫，说什么"她来了！""疯狂的莉丝！"以及"我们赶紧离她远点！"之类的话。午饭时间，一群女孩排成队跟在莉丝身后，模仿她走路；其他女孩在走廊上大笑着，双手做成喇叭状放在嘴上。

那天晚上莉丝开玩笑说，她觉得就像摩西分开红海，很可怕。她开始痛恨去学校，每天早上我不得不将她从床上拽起来，给她穿好衣服。在学校，情况越来越糟糕，因为其他一些女孩公开地嘲笑她，模仿她的声音，在她经过时故意使绊。

周末，我遇到莉莎·桑德斯和一群女孩站在楼梯口。莉莎曾是拉拉队队长，但是足球队整合时她就退出了拉拉队。她鼻骨突起，满头金发扎成了高高的马尾辫。她父亲拥有雪佛兰代理权，她有自己的汽车，是百乐镇上为数不多的拥有汽车的孩子中的一个。如果她没有跟男朋友在一起，被她男朋友用胳膊搂着，那么就会被一些女孩围着，她们总是在一起窃窃私语。

莉莎举起一叠油印纸，传给楼梯上的孩子们："过来，蚕豆，我正在帮朋友招聘。如果你想申请的话，填一下。"

那是被钉在一起的几页纸，标题是"友谊申请"，看起来就像是一份测试题，上面有一串问答题、选择题和填空题。大部分的题都是你能猜到的："你最喜欢的电视节目"、"描绘你梦想中汽车的外形和颜色"，但是一些题目比较尖锐，比如"你最想看到哪位老师被开除？"和"你最不想跟班级上的哪个家伙约会？"我听见莉莎的朋友们在咯咯地笑，但是我一直没弄明白她们为什么笑，直到看到最后一页上的最后一道问题：

如果一个男生在跟莉丝·霍利德约会，那么他需要携带什么来保护她？

A）一块橡皮

B）一块肥皂

C）一把手枪

D）杰里·马多克斯

我的脸开始燃烧，我紧握双手，它们像是要抓起什么东西来撕个粉碎，根本不听我的指挥。我一跃而起，冲向莉莎·桑德斯，大声喊道："你以为自己很特别，但我要好好教训你！"

说完之后，我一把从她头上扯下了一团头发，抓伤了她的皮肤，捶打她的胳膊，还将她的衣服撕破了。莉莎·桑德斯也用手指在我的脸上抓挠，但是我没有受伤。我所感受到的，只有愤怒。我们在地板上扭打成一团，咕哝着，尖叫着，用脚踢，用手戳眼睛，不停抽打着。很快，其他孩子都围拢过来观看，欢呼着，大声鼓励着，不是冲我，甚至也不是冲莉莎，只是自然地在火上浇油。打！打！打她！使劲打她！

然后，我感觉到身上多了一双手，一双男人的手。科学课老师贝尔彻先生推开人群，走了进来，强行将我们分开来。我像狗一样气喘吁吁，浑身发抖，但是我很开心地看到，我将莉莎·桑德斯伤得很重。她隆起的鼻子正在流血,她的睫毛膏顺着脸颊掉落,我还扯下了她用来束马尾的夹子,上面还有一大团金色的头发。

莉莎·桑德斯的朋友们开始控诉我,说是我先挑起了事端。贝尔彻先生用胳膊将我们俩一路拖到校长办公室时,她们一直紧随其后,想继续证明蚕豆·霍利德是如何出人意料、毫无理由地扑向莉莎·桑德斯的。

校长不在办公室,所以贝尔彻先生将我们带进副校长克莱小姐的办公室。"在教学楼打架。"他说。

克莱小姐从她的老花镜上方看看我们。"谢谢你,贝尔彻先生,"她说道,"请坐,女孩们。"她将一盒纸巾递给我们。我开始解释"友谊申请",因为那就是打架的原因,但是克莱小姐打断了我:"这不相干。"她展开了演讲,说她对我们是多么的失望,因为我们竟然如此举止不当。她继续讲在百乐镇高中什么是得体的举止,什么是不得体的举止。"女孩们相互打对方,"她说,"太不像淑女了。"

"不像淑女?"我问道,"你认为我在乎怎么样像淑女,怎么样不像淑女吗?"

我依然满腔怒火。当我意识到克莱小姐并不让我说那可恶的"友谊申请",我变得更生气。我继续说,如果老师们做好分内的工作,照顾好他们的学生,而不是对被欺负的学生故意视而不见,这些女孩们就不会跟在我姐姐后边侮辱她,而我也就没必要去保护她。

克莱小姐猛地摘下她的老花镜:"不要用这种语气跟我讲话,年轻的女士。你必须尊敬你的长辈。"

"我尊敬恪守本分的人,"我说,"仅仅因为人们年长就去尊敬他们,简直就是胡说八道。杰里·马多克斯是长者,我应该尊敬他吗?"

"不要试着转移话题,"她说,"杰里·马多克斯跟这件事没有关系。"

"他确实禽兽不如,"我说,"你是了解的,如果你假装你不了解,那么你就跟其他人没什么两样,只会用屁股来思考问题。"

"琼·霍利德,你长着一张恶毒的嘴。你被停课了。"

"什么?"

"接下来的三天你可以待在家里,反思一下你的所作所为。"

"那她呢?"我指着莉莎·桑德斯,她一句话都没说,而是双脚交叉地坐在那里,用餐巾纸擦着脸上湿黏的睫毛膏,竭力装得让人看上去她是无辜的。"她也打架了。并且她还写了莉丝的事情,就是我一直想努力向你解释的那件事。"

"我对你们因为什么发生争吵不感兴趣。"克莱小姐说,"学校委员会从来不会为争吵这样的事情去查明真相。在我看来,我们也没必要那么做。你不是因为打架而被停课,你被停课是因为你对副校长使用了不得体的语言。"

第三十八章

当我把被停课的事情告诉汀斯利舅舅后,他十分生气。"这真令人羞愧,"他说,"霍利德家族的另一个第一次。"我刚要解释说我是为了支持莉丝,只听见他说:"好吧,我猜你做了你认为必须做的事情,但那偏偏不能提升我们在这个社区的声望。"

滑稽的是,我做了那样的事。我十一月底返回学校时,那些人对我跟以前不一样了。现在我不再是花哨的荧光女孩,我是那个殴打了莉莎·桑德斯的女孩。如果我猜得没错的话,我向前迈出了一大步。戏弄我的行为停止了,一些孩子开始对我友好起来。他们似乎认为我跑到警察局去控告马多克斯就是打小报告——就像你被人欺负了之后跑去老师那里告发他一样——但是现在,挥动拳头却赢得了他们的尊敬。

但孩子们继续让莉丝每天都不好过,当法官确定了将于三月份开庭审理此案以后,很明显,每个人都清楚这个案子并没有结束。这时我们才意识到相比担心高鼻子莉莎·桑德斯和她的女朋友们,我们还有更多需要担心的事情。

成堆的垃圾开始出现在梅菲尔德的草坪和行车道上。一天早上我们起床后，发现垃圾四处散落着——用过的帮宝适，空饮料瓶，意粉罐，塑料垃圾袋，碎纸屑，还有品客薯片筒。所有这些东西上面都有马多克斯的名字。

　　一天，在我们去巴士车站的路上，马多克斯的黑勒芒车不知打哪儿冒了出来。马多克斯坐在方向盘后面，身体向前倾，就像个赛车手。他开着车向莉丝和我猛冲过来，就要快要撞到我们时他突然转向，我们跳到了旁边的沟里才没被撞到。我们感觉到了一辆车呼啸而过时空气发出的嘶嘶声。我顺手捡起一块石头向他扔了过去，但是勒芒车开走了，石头落了空。

　　那之后，马多克斯几乎每天都巡游找我们，看到我们步行回家或者骑车去镇上时，总是想着法子把我们挤出马路。我已经到了只要外出，都要先听听是否有勒芒车的轰鸣声的地步。我开始走到哪里都背着一书包石块，有一次我确实击中了，至少在他的车上留下了一个明显的凹痕，但是大多数时候马多克斯逃得太快，让我没法一击命中。

　　我们并没有告诉汀斯利舅舅。我们也从未认真考虑过去警察局报案，因为我们不能证明什么，到目前为止，反抗马多克斯的控告也只不过是自找麻烦。但是马多克斯的行动却在莉丝身上起到了效果，她被吓坏了，不想离开这座房子。她开始说，脑子里有更多的声音在警告她，说马多克斯正躲在每个灌木丛或者树后面。

　　我不断告诉莉丝——和我自己——那些声音不过是暂时的，一旦马多克斯被定罪关进监狱，它们就会消失。现在已经十二月了，离开庭还有三个月的时间，我十分担心莉丝会崩溃。这促使我考虑我们是不是要放弃这场诉讼。如果我们现在放弃，马多克斯会以为他的恐吓奏效了，我们只好放弃。我们不得不离开这个小镇，因为我无法想象，当我在百乐镇上骑车时，心里知道会遇到一个男人，而且他还会冲着我微笑，那种恶霸给任由他摆布的人的那种奸笑。再说离开小镇也不能解决任何问题。马多克斯会追踪纠缠莉丝，那样会使莉丝幻听更严重。

  我决定现在只能做一件事。我不能坐等审判，我得杀了杰里·马多克斯。

第三十九章

我没有汽车,不能用车撞死马多克斯,所以我要制定战略。在马多克斯的房子后面有座山脊,那里有大量的岩石和大石块。在我为马多克斯工作期间,我注意到了一块很特别的岩石。我当时想,如果它滚落,可能会造成损伤。它甚至可能会杀死某个人。所以我决定亲自让它滚落下来。

我可以藏在山脊某处,当马多克斯来到后院——他每天都去后院检查温度,并将写在纸上的东西跟纸一起碎掉扔进垃圾桶——,这时我就推动岩石让它飞速滚下山,像碾死虫子一样压扁他。

第二天放了学,我骑着红色施文牌自行车来到百乐镇上,将自行车停在图书馆的自行车停车处,然后抄近道穿过马多克斯邻居的院子,来到他房子后面的山脊上。我爬行穿过低矮的松树丛,来到那块岩石处,岩石有扶手椅那么大,其中一侧长满了青苔。我推了一下岩石,看看它有多少松动的空间,这时我才发现连微微挪动它都不可能。它肯定重达一吨。

我需要一个同伴。

莉丝不适合这种类型的任务，请汀斯利舅舅帮忙也完全不可能。我唯一能求助的人只有乔·怀亚特。我已经将马多克斯骚扰我们的行为告诉他了，所以第二天在学校的时候，我向他说明了我的计划，并问他是否愿意帮忙。

"我们什么时候动手？"他问道。

我告诉他岩石有多大和多重。乔在学校学习成绩并不好，但是一旦让他动手做事情，他会变得很聪明。他告诉我，我们需要做的就是用杠杆撬动岩石。他说他爸爸有一根实心铁棍子适合做杠杆。

第二天，乔跟我在图书馆碰面，他带着那根沉重的铁棍。我们绕到马多克斯房子后面的树林里，我给乔看了那块岩石。他将铁棍放在岩石下面撬了一下，它还是纹丝不动。所以他找到了一个稍小的岩石作为支点，我们握住铁棍的尾端一起往下压，结果撬动了岩石，它向前动了一下。

"这样会将它推下去的。"乔说。

"马多克斯就要完蛋了。"我说。

我们在落满松针的地上坐下来，等待着。

大约过了一小时，我们听到火车的汽鸣声，车轮隆隆作响，在铁轨上尖叫着从百乐镇中间穿过。火车的噪音消失后，马多克斯家的后门打开了。我一跃而起，紧紧抓住铁棍。但是马多克斯并没出来，出来的是多丽丝。她刚分娩不久，一只胳膊抱着粉嫩的婴儿，另一只胳膊抱着一袋垃圾。

我感到整个身体一下子松弛了下来，所有聚集起来要杀死马多克斯的力量一下子被抽干了。虽然我恨多丽丝站在她丈夫一边，但我不会杀死她——当然肯定也不会杀死新生婴儿。这时我才意识到我根本不想杀死任何人，哪怕是马多克斯。

"也许这不是个好主意。"我说。

"我也这么觉得。"乔说。

我们看到，多丽丝拿掉垃圾桶的盖子，将垃圾扔了进去，又将盖子盖上，手里还一直抱着孩子。然后她回到屋里，自始至终没往我们这边看。乔将铁棍从岩石下抽了出来，"虽然那是一个完美的支点，"他说，"我们能够做到，如果我们想做的话。"

我们从山上下来，离开了那座房子。

"这是否意味着我们是懦弱的人？"我问道。

"不。"乔说。他踢着路上的一个松果。"嗯，我们还是可以戳痛马多克斯的。"

"什么意思？"

"那辆勒芒车。"

第四十章

乔和我密谋去打碎勒芒车的挡风玻璃，但是我们担心噪音太大，会招惹马多克斯从房子里跑出来。之后乔建议用钥匙划花车门，但后来否定了这个主意，因为这样只能造成表面的损坏，马多克斯还是会四处搜寻，绞尽脑汁来修理我们。最后，我们想到了最佳行动方案，刺破勒芒车的四只轮胎，让它发动不了。马多克斯肯定会买新的轮胎换上，但我们会不停地刺破新的轮胎。

我们一直等到周末，这个时间马多克斯肯定会待在家里。我们需要黑暗的掩护，所以乔事先告诉我黄昏时在图书馆会合。他说他一直随身携带着一把折叠刀，所以我不需要将心思花在武器上面，而且他已经在前一天去过马多克斯家所在的街道了，为的是通过实地考察来制定出攻击计划。他还说，我们需要穿深色的衣服。"伪装掩护。"他解释道。他在这场所谓的"攻击行动"上投入了很多想法。

星期六当我骑车准时到达碰头地点时，乔已经在图书馆自行车停车区等着了。他骑着施文牌自行车，我坐在后车座上，趁着太阳下山，我们驶向马多克斯家的街区。十二月的日落黯淡无色，整个天空呈现出银白灰色。

当我们到达马多克斯家的街道，我们看到勒芒车就停在了街区的过道上。乔让我和自行车一起躲在街角处的一棵冬青树后面。我的任务就是把风，如果有人开车或者步行靠近，我就发出猫头鹰的叫声。这时候，太阳已经落山了，路灯亮起来了，把整条街变成了紫色的光池。我在冬青树后躲好，而乔大摇大摆地走在街上，四处张望。当他看清楚了勒芒车的基本轮廓后，他在马多克斯的房子前面几排房子的一大丛杜鹃花后面躲了起来。

我在冬青树后面看到，乔快速地从一个灌木丛移到另一个灌木丛，每每停下来估测一下情势。当他到达马多克斯家最近的灌木丛时，他腹部着地趴在地上，然后爬向勒芒车。

突然一道手电筒光从马多克斯的房子那里照向街道，这时我看不到乔了。一所房子的前门打开了，一位上了年纪的女士放出一条小狗。我像是疯了一样鸣叫起来，听到我的叫声，小狗开始狂吠不停。突然，乔竭尽全力向我跑过来，我已经扶着自行车准备好，他一到，我就把车腿弹了起来。

"扎破了两个轮胎。"他上气不接下气地一边说着一边跳上了自行车。我跳上后座，双脚向后蹬，助推自行车，而乔站在脚踏板上以最快的速度蹬着。

我们没有直接穿过小镇，而是绕着小镇走。过了十五分钟，我们来到了山脚下。乔准备下车后走回家，而我单独回梅菲尔德，这时候一辆警车追了上来，开到我们身旁。警察用手指了指路边，示意我们停下来。乔停下自行车，那个警察将车停在我们的后面，然后从车里出来，车子没有熄火，车灯也没关。他一边向我们走来，一边戴上带帽檐的帽子，并调整了一下挂在下巴上的绳托。

"你们急匆匆的，要去干什么？"他问道。

"要赶回家吃晚饭。"乔回答说。

"我接到报案，说在柳树巷有人的轮胎被扎了，"警察说，"知道是怎么回事吗？"

"不知道，先生。"乔说。

"你是说你没有做吗？"

"是的，先生。"

"你否认是你做的？"

"是的，先生。"

"我们只是在骑自行车。"我说。

"我不是在跟你讲话。"警察说。他转向乔："小子，将你所有口袋里的东西统统掏出来，放到汽车的引擎盖上。"

乔叹了口气。他从自行车上下来，然后开始将口袋里的东西掏出来：钥匙，零钱，细绳，几颗螺丝，一个栗子，还有折叠刀。

警察拿起了那把折叠刀并打开了它。"你藏了个武器。"他说。

第四十一章

我摸黑骑车回到了梅菲尔德。尽管乔和我计划和实施扎破马多克斯的轮胎的行动看上去不仅正当,而且显然是我因为得保护我自己和莉丝,对那个试图想杀死我们的人做出的反击;但对我来说,如果我试图对某个人解释刺破轮胎的事,那听起来会显得十分愚蠢,就像一个让孩子失足的傻瓜罪犯。回首刚刚发生的一切,我几乎不敢相信。最重要的是,我让乔陷入了麻烦之中。我脑海中不停地回放着当警车开走时他一直目视前方的画面。

这件事我丝毫不能向汀斯利舅舅和莉丝透露,所以我什么也没说就上床睡觉了。第二天早上第一件事,就是骑着施文牌自行车去怀亚特家,去看看乔怎么样了。我已经不用再敲门——艾尔婶婶一再重申说我可以自由进入这个家,她把我当成了家庭的一员——当我踏进屋里,乔正和厄尔坐在厨房餐桌前,而艾尔婶婶正在平底锅里煎着鸡蛋。我想去拥抱乔,但是他却看起来若无其事,非常随意。他说,那些警察没收了他的刀子,还给他上了一堂法律课——坚持法律正义性,但是他们没有任何证据能证明他犯了错,所以他们只好放了他。

"我发誓,你会认为这些执法人员有更好的方式来打发时间,而不是将时间花费在将一个随身携带折叠刀的人抓进警察局里。"艾尔婶婶说,"蚕豆,你要来一个煎蛋吗?"

"那是一定的。"我说。我在乔旁边坐下来。我感到有些眩晕,不敢相信我们已经从扎轮胎行动中脱身了,但是我们不能在艾尔婶婶面前透露半点消息。乔给我倒了一杯加牛奶的咖啡,我们只是坐在那里,开心得像一对鳄鱼夫妇。然后艾尔婶婶递给我一只煎得香脆而又油光闪闪的鸡蛋。

吃完早餐后,我在水池旁洗着盘子,艾尔婶婶正说着在这个季节下第一场雪时我们应该搬进来,这时传来重重的敲门声。

乔去开门。马多克斯正站在门前的台阶上。那是一个寒冷的冬天的早上,他没穿外套,只穿着一件连帽运动衫,帽子还被推到了后面。他双手叉在屁股上,然后用手指戳着乔的脸说:"我知道就是你。"

"你知道就是我什么?"

"不要在我面前假装无辜,你这个婊子养的。"

"请不要在我的房子里使用那样的语言。"艾尔婶婶说,"这到底是怎么一回事?"

马多克斯推开乔,走进屋里,看向我。"为什么我一点都不奇怪在这里见到你呢?"他问道。

"她是我们的家人,"艾尔婶婶说,"她理所当然要在这里。现在，请问，到底是怎么一回事？"

"让我来告诉你到底是怎么一回事。这事关刑事犯罪，肆意破坏私人财产。你的孩子割破了我的轮胎。"

"不是的。"乔说。

"我知道就是你。"马多克斯说，"起初我还不清楚是谁做的，但是今天早上一个警察局的朋友说怀亚特家的男孩因为携带刀子被抓，而且那时他一直陪着霍利德姐妹中的一个，就是在路灯亮起的时候。就是你做的。"

"他说他没有那样做，"艾尔婶婶说，"如果你有任何证据，你可以控告他。"

"单凭我没有证据并不能说明他就没做。"

马多克斯说："而且也不能意味着他就不该受到应有的惩罚。"听到马多克斯的声音，克拉伦斯叔叔也来到厨房："发生什么事了？"

"你的孩子需要打一顿，"马多克斯说，"首先，因为割破了我的轮胎；其次，因为在这件事上撒了谎。"

"那是真的吗，儿子？"克拉伦斯叔叔问道。

"他说他没做。"艾尔婶婶说。

"他没做。"我说，"他昨天晚上跟我在一起。我们只是骑着自行车兜风。"

"你肯定跟这件事有关系。"马多克斯说。他指着艾尔婶婶：

"你为纺织厂工作。"然后又转向克拉伦斯叔叔:"还有你负责纺织厂的故障检查。为纺织厂工作并从纺织厂拿钱的人得照我说的去做。我说这个男孩需要打一顿。"

马多克斯和克拉伦斯叔叔互相盯着对方看了好一会儿,接着克拉伦斯叔叔走出房间。他回来时手里拿着一根皮带。

"噢,克拉伦斯。"艾尔婶婶说,但是她并没有去阻止他。

"到外面去。"马多克斯说。

他带领乔和克拉伦斯叔叔穿过房间,走到后院。乔默默地目视前方,就像他在警车里所做的那样。艾尔婶婶和我跟着他们走到屋外。菜园里,克拉伦斯叔叔种的西红柿,其枯死的枝叶仍然绑在木桩上。当克拉伦斯告诉乔弯下腰抓住脚踝时,艾尔婶婶紧紧挽住我的胳膊,马多克斯站在旁边,克拉伦斯开始用皮带狠狠抽打乔的屁股。

一皮带打下去,我涌起一种冲过去抓住克拉伦斯叔叔胳膊的冲动。艾尔婶婶似乎觉察出了我的情绪波动,因为她将我抓得更紧了。克拉伦斯叔叔不断地抽打着乔,乔自始至终一句话也没说,当克拉伦斯叔叔终于停下来时,乔站了起来。他谁都没看一眼,一句话也没说。相反,沿着上次他带我们去找栗子树的那条小径,他走进了树林。

马多克斯在克拉伦斯的背上拍了拍,用一只胳膊搂住他,"为了证明我们之间并没有怨气,"他说,"我们一起去喝杯啤酒吧。"

第四十二章

克拉伦斯叔叔一点没有想要跟马多克斯一起去喝啤酒的意思，所以马多克斯离开了。克拉伦斯叔叔剧烈地咳嗽起来，咳嗽停止后，他戴上军帽，前往老兵大厅。我陪着艾尔婶婶、厄尔坐在厨房里，我感觉到艾尔婶婶希望我待在那里。

没有人说话，一分钟后，艾尔婶婶开口了。

"你们俩究竟是怎么想的，要去做这种事？"

所以她知道那是我们做的。

"都是我的错。"我说。我解释了自从莉丝提出控告后所发生的一切事情，马多克斯如何往我们的院子里扔垃圾，如何试图开车撞我们，莉丝总是幻听到一些声音等等，所以我觉得我们必须做些什么以示反击，而乔是唯一能帮助我的人。

"亲爱的，我理解你要报复的迫切心理，"她说，"但是你们等于是在向愤怒的公牛扔石头。"艾尔婶婶和我在饭桌旁坐了一会儿。我问她关于莉丝幻听的事情，艾尔婶婶说她也时不时地能听到上帝在跟她讲话，其他时候也会有魔鬼跟她说话。她一家还住在山上时，流传着各种版本的神话传说，所以莉丝的幻听可能也不是什么大不了的事。

之后，露丝从任教的星期日学校回到家。"为什么每个人都拉长着脸？"她问道。

"你爸爸被逼无奈打了乔，乔躲起来了。"艾尔婶婶说。

"是马多克斯逼他这么做的。"我补充说。

"爸爸打了乔，因为马多克斯先生要求他这么做？"

"事情经过就是这样的。"我说。

"马多克斯先生来过？"露丝问道，"在我们家？"她说着在餐桌前坐了下来。

"就在不久前。"我说。我开始解释所发生的事情，我说完后，露丝低下头，用手指梳理着头发，好像头在疼。

"要知道，我从来没告诉任何人为什么我不再为马多克斯工作。"她说。

艾尔婶婶吃惊地看了露丝一眼。

"他对我动手动脚。"露丝说，"他没有像对莉丝那样对我怎么样，但是他对我步步紧逼。我离开了，但是我确实很害怕。"

"亲爱的，"艾尔婶婶说，"我问过你是否发生什么事了，但是你告诉我说没有。"

露丝不知什么时候已经将她的猫眼眼镜摘了下来，拿在手里把玩着："我从未想过让任何人知道这件事。"

第四十三章

这时已经很明显,妈妈再次上演了失踪戏码。自从我们提出上诉后,我不停地给身在纽约的她打电话,但是电话一直都是响个不停,没人接听。我一大早打,过了晌午打,深夜也打,但是电话另一端从未有人应答。

最终,四个星期过去了,妈妈回了电话。她解释说她一直在卡茨基尔山区①进行心灵静修。这次旅程是和几个新朋友一时心血来潮的主意。她在出发前曾试图给我们打电话,但是电话无法打通,极有可能是因为有人把电话线拔掉了。她待在卡茨基尔灵修的时间超过了预期,因为佛教徒没有电话,她一直没法打电话。

"灵修对我的头痛病来说真的很好,"她说,"我感到全身心都达到了平衡。"她开始讲佛教徒如何教她认识她的气,以及如何集中气,但是我打断了她。

"妈妈,发生了一件麻烦事,"我说,"有个男人攻击了莉丝。接下来将会进行审判。"

---

① 纽约州中部的游览胜地。

妈妈发出一声尖叫。她要求知道细节，我给她补充细节时，她不断从口里挤出"什么？""他竟然敢？""我的女孩们！我的孩子们！"，以及"我要杀了他！"之类的话。她说，她要立即出发，会连夜开车在第二天早上到达梅菲尔德。最后她还补充说："这件事将我的整个气全打到地狱里去了。"

直到早上我们要去学校了，妈妈还没到达百乐镇，但是我们放学后，她已经到了。这样也好，因为汀斯利舅舅能够给她解释法律细节，莉丝不用再次面对这件事。妈妈拥抱了莉丝，她不想妈妈离开她，所以妈妈一直拥抱着她，抚摸着她的头发，对她说："一切都会好起来的，孩子。有妈妈在这里。"

然后妈妈转身来拥抱我。令我吃惊的是，我竟然对她感到非常生气，"这段时间你都去哪里了？"我非常想对她说这句话。但是我什么也没说，只是回抱着她。妈妈开始不停在我的肩膀上摩擦着她的脸，我感到肩膀上有些潮湿，这时我才意识到她在哭，而且试图不让人看见。我不知道妈妈是否真的会帮助我们度过这一切，或者她是另外一个也需要安慰的人。

当莉丝告诉妈妈学校里其他的孩子如何对她的事情后，妈妈说莉丝没必要再去学校，至少等到审判结束。妈妈能在家里教她。

她还主动提出在家教我，但是我谢绝了。大多数孩子已经停止让我难过的行为，再说，我最不想做的一件事就是一整天坐在梅菲尔德，沉思着马多克斯的事情，听妈妈解说她游览过的世界，阅读一堆埃德加·爱伦·坡——他代替了刘易斯·卡罗尔，成为莉丝最喜欢的作家——的深沉的诗歌。我要出去。

自从莉丝和我再次回来同住一个房间后，妈妈搬到了鸟房的另一个房间，那是她童年时玩耍的地方。当她告诉百乐镇当局她暂时要接管莉丝的教育时，他们很乐于从命，因为即将到来的审判除了带给学校紧张的气氛以外别无其他。妈妈避开了跟汀斯利舅舅争吵，一直跟莉丝待在一起，她们俩在杂志上写些文字，探讨生存、超越和生命能量等所有她进行心灵修行时探索的话题。莉丝粘着妈妈，并思考妈妈说的话，妈妈显然也很享受被莉丝粘着。她们一起作诗，完成对方的句子。妈妈带来了两把她钟爱的吉他——一把泽麦迪斯牌吉他、一把蜂蜜色的马丁吉他——她将马丁吉他送给了莉丝，还答应莉丝说，无论她怎样打破规则，都不会批评她的弹奏。

第四十四章

妈妈从未重视过圣诞节,她每年都会对我们说,圣诞节不过是异教徒增选的一个节日,耶稣实际上是在春天出生的。汀斯利舅舅说自从玛莎去世后,他就一直忽视它,但是学校放圣诞节假时,他告诉我们这是多年来在梅菲尔德的第一次全家聚会,所以我们得做点什么来承认这个节日。汀斯利舅舅和我在牧场的篱笆墙上发现了一棵形状完美的小巧雪松。我们将它砍倒,然后拖回了家,用霍利德家收藏的易碎古董饰品装饰了一番。汀斯利舅舅说,这些饰品的历史,有些可以追溯到十九世纪八十年代。

我们回避谈论审判一事,妈妈和舅舅终于能相处了,在圣诞节那天,我们没有相互赠送礼物,因为妈妈觉得我们应该表演节目。她唱了几首"寻找魔法"专辑中的歌——实际上,她并不想停下来,口里说:"好吧,如果你们坚持,我会再唱一首。"莉丝背诵了爱伦坡的诗《钟声》,这首诗尽管题目有些应景,但是内容一点也不适合圣诞节,事实上,真的非常黑暗。我朗读了我的黑人恐惧症文章,这次我记住了汀斯利舅舅教我的有寓意的停顿。妈妈开玩笑说,汀斯利舅舅应该将霍利德家族世代传承下来的旧邦联时期的剑给我，因为我真的跟我的南部出身有着深深的联系。

"镇上所有关于南方的说辞让我紧张不安，"莉丝说，"山上的一所房子实际上插着那种旗子。"

"那跟奴隶制无关，"汀斯利舅舅说，"而是关于传统和骄傲。"

"如果你是个黑人的话。"妈妈说。

"嘿，汀斯利舅舅，"我说，"你表演的话，或许可以弹钢琴。"

他摇摇头。"玛莎和我曾经一起弹奏，"他说，"但是我不会再弹钢琴了。"他站起来，"我的表演应该在厨房进行。"他会按照老霍利德家族的菜单来做晚餐：南瓜煲、烤鹿腰肉配蘑菇、洋葱、甘蓝和苹果。

晚餐准备好时天已经黑了。莉丝和我在餐桌前就座，妈妈从地下室找来了一瓶酒，给她自己和汀斯利舅舅的杯子倒满，给莉丝倒了半杯，给我倒了四分之一杯。从加利福尼亚回来后，妈妈喜欢在晚上喝一点酒。她以前会让我抿一口尝尝，但这次是她第一次给了我自己的酒杯。

汀斯利舅舅做了简短的祷告，感谢神给我们带来如此美妙的晚宴，然后举起他的酒杯说："为霍利德家族干杯。"

妈妈冲他浅浅一笑，我本以为她会说一些讽刺挖苦的话，但是随即她笑容变得柔和起来。"很有趣，"她说，"霍利德家族曾经是一个大家族。"她举起了酒杯，"为我们四人干杯，"她说，"我们是唯一剩下的了。"

整个冬天莉丝都跟妈妈待在家里,妈妈十分认真地担任了老师一职。妈妈和莉丝一起阅读赫尔曼·黑塞、E.E.卡明斯,还有她在灵修时听说的那位叫葛吉夫的家伙。妈妈还编制了有关埃德加·爱伦·坡的整个课程。莉丝尤为钟爱《安娜贝尔·李》、《乌鸦》和《钟声》,还有那些诗句"那柔软、暗淡、飒飒飘动的每一块紫色窗布","铃声流出那小钟般的银铃,/丁锳,丁锳,丁锳——"。她从"tintinnabulation"这个词中汲取如此多有价值的东西,光是这个词的拉丁词根就让她写了一篇完整的论文,她还将它融入了音乐创作中。

汀斯利舅舅忙于他的地质学论文和家族族谱,间或会去打打猎,好几次还带回来一只死去的母鹿,他也将部分精力投放在莉丝的教育上,他给她讲授微积分、库尔佩珀盆地的地质构造和弗吉尼亚的橙色黏土的构成成分,解说C.范恩·伍德沃德观点,事实上,"南北战争"不能被称为"内战"——"首先,根本没有什么所谓的公民"——而应该称之为州际战争。

马多克斯还是阴魂不散地想要用换了新的白壁轮胎的勒芒车来撞死我,但是自从莉丝不再和我一起出现,我不再担心他,反而还有点喜欢学校生活了。贾维斯小姐,既是年鉴顾问,同时也是我的英语老师,她说服我加入年鉴编撰组,它比我想象的还要有趣得多——甚至比拉拉队还有趣。我们要拍摄照片、写标注,招租广告，为在车祸中丧生的高年级学生制作纪念版——贾维斯小姐说这种事情几乎每年都会发生，并且创建抓拍的主题，像什么"猝不及防"和"愚蠢的舞步"。

与此同时，孩子们已经慢慢习惯了整合的创想。对足球队来说是非常糟糕的一年，黑人和白人学生之间斗殴不断；但是对篮球队来说情况要好一些，这要归功于几个个头很高的黑人球员。一个家伙因为长得实在高大而被称为蒂龙·"塔"·佩里，或者常常直接简称"塔"，他是非常棒的球员，以至于我们在年鉴中给了他足足一整页的记载。拉拉队看起来也同样像一个团队，黑人女孩舞蹈略少一些，而白人女孩跳得稍多一些。凡妮莎的母亲开了一家专门针对黑人女性顾客的美容院，还直销雅芳化妆品，她有辆深蓝色的凯迪拉克，开始驱车载着一群黑人和白人拉拉队员去比赛现场，其中包括露丝。

当莉丝和妈妈专注于在家上学时，我则大部分时间都待在了怀亚特家里。那次挨打真的改变了乔，他回到他一个人的世界，话比以前少了，但是之后他身边有了一只狗。

乔一直想有只狗，克拉伦斯叔叔认为狗既不能打猎，也不能放羊，只是白白消耗狗粮，实在浪费钱。但是乔被打之后，艾尔婶婶说服了克拉伦斯叔叔，允许她为乔找来一只狗，她说狗可以靠饭桌上的残羹冷炙为生。我们全家人一起去了牲畜收容所，在那里乔挑选了一只黑白相间的狗，是一只混血杂交品种。艾尔姗姗说，可能是一些边境牧羊犬的杂交，或者猎犬的杂交，也可能是一只梗犬。乔声称它是一只纯种的狗，并给它起了名字。

"你很幸运。"我告诉乔，"我也想养一只狗。"

"我们可以一起养。"乔说。

那是一只聪明、漂亮的小家伙，形影不离地跟着乔。每天早上它跟乔一起去巴士车站，下午乔从巴士上下来时，狗已经坐在那里等他了，风雨无阻。那只杂种狗确实振奋了乔的精神。

那个冬天着实下了几场雪，乔和我与其他山上的孩子们打起激烈的雪仗来，结果乱作一团的我们一度中断了战斗，将雪球掷向来往的车辆和行人，当司机从车里出来企图追逐我们时，我们和狗一起跑进树林，他们在后面喊着："给我回来，你们这群小毛头！"

在百乐镇所经历的一切，除了马多克斯事件之外，让我拥有了一段非常快乐的时光！

第四十五章

我对审判有良好的预感。我们跟检察官迪基·布莱森见了几次面。他是个大块头的男人，但是他的领带似乎总是系得太紧，他也总是面带笑容，爱讲笑话。他曾经是百乐镇斗牛犬足球队的明星后卫，他的照片还挂在斗牛犬餐厅的墙壁上，许多人仍然叫他高中时的绰号——闪电战。

案件十分简单，迪基·布莱森告诉我们，审判也可能会十分简单。他和副手以莉丝的陈述和照片开场，接着他让我和汀斯利舅舅出庭作证，证明当天莉丝回家时衣衫破烂的状况。然后他让韦恩出庭作证当天他开车载着莉丝和马多克斯时所目睹的事情经过。最后，他让莉丝对整个事件作最后陈述。

在我看来，这起案件我们稳操胜券。证据确凿，马多克斯做了这一切。他心知肚明，我们同样心知肚明，一旦陪审团听到事情的真相，他们也会了解所发生的一切都属实。毕竟，我们有一个目击证人，他不带任何偏见，他既不是我们的亲戚也不是我们的朋友。他完全公正。我们有何理由不赢呢？

我一直不断地将这点告诉莉丝，但是当审判的日子越来越近，她开始变得极度紧张不安,有时候会突然捂住嘴巴好像要呕吐。

审判那天早上,天空清澈无云,天气极其寒冷,杜鹃花的叶子蜷缩起来,像极了极细的雪茄。莉丝、妈妈和我正在鸟房里穿衣服,这时莉丝突然用手捂着嘴巴冲进了洗手间。她的胃是空的,我能听见她在厕所里不停的干呕声。莉丝从厕所里出来时,用手背擦了擦嘴,妈妈递给她一盒薄荷糖。"神经紧张不见得是件坏事,"她说道,"大多数的演员在演出时都会焦虑,凯瑟琳·赫本登台表演前每天晚上都会呕吐。"

我穿上那条荧光绿色裤子——自从开学第一天穿过以后我就没再穿过,莉丝则穿上了她那条橙紫色的短裙。我们希望看起来体面些,这是我们唯一讲究的衣服——我几乎都是穿牛仔裤,而莉丝则是吉普赛人风格的衣服,是她从阁楼里妈妈的旧衣服里找出来的。我们已经烧掉了马多克斯买给我们的所有衣服。我一度担心妈妈会穿嬉皮风格的衣服,或者更糟——穿能凸显她的乳沟的服装。然而相反,她穿了一条黑色的裤子,上衣是一件红色的天鹅绒外套,像是即将登台表演的演员。

"妈妈,你确定这是合适的穿着吗?"我问道。

"你们俩可以按照法官的审美观来着装,如果你们想的话。"她说道,"我要穿给陪审团看。"

汀斯利舅舅站在楼梯口等我们。他身穿条纹西服套装,还搭配了马夹，怀表口袋上还悬挂了一条金链子。没有人想吃早餐，所以我们直接挤进伍迪。在驶向小镇的途中，我们不断地给莉丝打气。

"不要让马多克斯吓到你，"我说道，"他不过是个恶霸。"

"事实和法律都站在你这边，"汀斯利舅舅说道，"你会做得很好。"

"保持眼神交流，"妈妈说，"深呼吸，保持气息畅通。"

"这就是我需要的——跟拉拉队口号一样的陈词滥调，"莉丝说，"你们都是如此令人痛苦。"

这让我们停止了给莉丝加油打气。我们继续行驶着，沉默了几分钟后，莉丝说："对不起，我知道你们是要帮助我，我只是希望这件事快点结束。"

法院坐落在霍利德大街上，那是一座高大的石头建筑，上面有塔楼和高大的窗户，建筑前还有南方联盟士兵的雕像。我们推着黄铜旋转大门走进去，发现大厅里乱哄哄的。马多克斯站在人群中，身穿崭新闪亮的深蓝色西装，多丽丝和马多克斯的孩子们也在。多丽丝怀抱着新生儿，后面背着小杰里。辛迪抱着兰迪。马多克斯看见我们时，他怒目圆睁。我立即与他怒目相对。如果他想进行相互怒视比赛，我绝对会奉陪到底。

迪基·布莱森正跟另一名身穿西装的男子交谈着，不知他说了什么，使得那名男子大笑起来。那个男子转过身，开始跟马多克斯交谈起来，这时迪基·布莱森向我们走来，手里握着一份文件夹。他告诉我们正在跟马多克斯交谈的那名男子是马多克斯的律师利兰·海斯。他将与我们当堂对质。

"你刚刚应该是在跟马多克斯的律师开玩笑吧？"我问他。

"百乐镇是个小地方，"他说道，"友好地对待每个人没什么坏处。"

九点前，乔和艾尔婶婶推着旋转门走进来，韦恩跟在他们后边，他将手里吸剩下的烟屁股掐灭在大厅的烟灰缸里。我还没来得及引起他的注意，副检控官就打开了法庭的大门，带领我们进去。

法庭的天花板很高，上面挂着一排巨大的黄铜吊灯，三月天苍白的光亮透过高大的窗户射进来。一切都让人感到庄严，观众席上的长凳和供陪审团坐的椅子看起来很硬，好像它们故意被设计得让人坐上去不舒服。

"全体起立。"副检控官喊道，我们所有人一起站起来发出的声响让我想起教堂。法官走了进来，一个不苟言笑的男人，他的老花镜架在鼻尖上，跟他的黑色长袍正相配。他在他高大的桌子前就座，看着桌子上的卷宗，一次都没有抬起眼睛看法庭上的所有人。

"法官布拉德利，"汀斯利舅舅小声对我们说，"我在华盛顿与李大学时，他也在那里。"

到目前为止一切顺利，我心里想。整个审判——有穿着制服的助理，身着长袍的法官，坐在奇怪的小型打字机前的速记员——看起来将会是一场严肃、正式的诉讼，我认为这是积极的迹象。

"马多克斯先生，"法官说道，"请起立接受审讯。"

马多克斯站起身，挺起肩膀。一个坐在法官前面一张小桌子旁边的女人也站起来，开始宣读对他的指控：强奸未遂、严重性侵犯和暴力殴打。

"你的申诉是什么？有罪还是无罪？"法官针对每项罪名一一问道。

马多克斯每次都回答："无罪！"他响亮的声音经由高高的天花板回荡在整个法庭。

"你可以坐下了。"

马多克斯坐回原位。他和他的律师坐在旁听席栏杆另一边的桌子旁。与他们相邻的桌子前，迪基·布莱森正在一张黄色便签纸上快速地写着什么。我希望马多克斯可以感受到我的眼睛正盯着他的后脑勺。我一直都没有放弃怒视比赛。

那位身着制服的副检控官将坐在法庭另一边的一群男女带进来。"陪审团。"汀斯利舅舅低声说。我曾在镇上见过其中几个，在山上，或者在足球赛场上，又或者是在杂货店里。其中一个叫塔米·埃尔伯特。那个女的，就是我们第一次到达百乐镇时开车将我们送到梅菲尔德的那个司机，她说过她愿意为夏洛特·霍利德做任何事情。这似乎又是一个好迹象。

法官又花了几分钟时间申明我们法律制度的完美、陪审团的职责和公民的义务。然后他请证人到前面来。我们走向前之后，他问陪审团是否有人认识我们或者律师中的人。

"一个身穿格子花呢夹克的男人站了起来。"我几乎认识这里的每个人，"他说道，"相信我们都是如此。"

"我相信你认识每个人，"法官说，"但这是不是会妨碍你们做出公正的裁决？"

他们相互看了看，都摇起了头。

"没有？是否还有其他原因让你们不能公正履行职责？"

他们再次摇起了头。

"记录表明，没有陪审员认为他不能保持公正。"

两位律师站起来，开始念出拍纸簿上的名字。被叫到的人都是爬进陪审席的，塔米·埃尔伯特就是其中之一。不到十分钟，陪审席就坐满了，其余的工作人员离开了法庭。这时，法官要求证人到外面等，所以我们都跟随副检控官走到门外，留下穿着红色天鹅绒外套的妈妈紧挨着乔和艾尔婶婶坐在长凳上。

韦恩点了一支烟，向大厅烟灰缸那里走去，而副检控官带领我们走进一间小房间。一壶炭烧味咖啡，旁边放着一盘油光发亮的甜甜圈，但是它们调动不起任何人的胃口。不到半个小时，副检控官回来了，招手示意汀斯利舅舅跟他出去。大约二十分钟后，副检控官又回来了，这次他向我招手示意。在我即将关上门时，我向莉丝竖起了大拇指。

第四十六章

一名法务人员带我宣誓进入法庭，我坐上了证人席。马多克斯身体向后倚靠着，双臂交叉在一起，像是在向我挑战说他稳操胜券。在他身后的旁听席上，汀斯利舅舅已经坐回妈妈的身边，向我点点头以示鼓励。坐在陪审席上的陪审员们正在研究着我，好像我是什么古董似的。

坐在证人席上，所有人都歪着头盯着我看，使我嘴巴发干，喉咙一阵发紧。当迪基·布莱森站起来要我陈述我的姓名时，我发出来的声音又细又尖。呀，我心里一惊，看了看陪审团。那个身穿格子花呢夹克的男人咧嘴笑起来，似乎他觉得这很好笑。

"慢慢来，别着急。"迪基·布莱森说。

针对他的提问，我解释了为什么莉丝和我开始为马多克斯一家工作，我主要为马多克斯太太做家务，莉丝更像是马多克斯先生的私人助理，以及他是如何为我们开设了银行储蓄账户的。然后，迪基·布莱森问我当天晚上莉丝跟韦恩回家时发生的一切，我尽可能将我记得的所有事情都告诉了陪审团。我说得越多，就感到越轻松，直到迪基·布莱森说"没有问题了"，我想我的工作做得相当不错。

　　利兰·海斯站起来，扣上上衣。他满头灰白色短发，长长的鼻子有些被晒伤。他笑起来时，灰蓝色的眼睛的眼角处会堆起鱼尾纹，它们闪烁着，让人觉得他很享受他正在做的一切。

　　"早上好，年轻的女士，"他开始说道，"你今天还好吗？"

　　"很好，谢谢！"

　　"很好。很高兴听到你说很好。"他拿着他的拍纸簿走向陪审席，"我知道到这里作证，并不简单，你能做到这点很令我钦佩。"

　　"谢谢你。"我再次对他说道。

　　"你说为这位杰里·马多克斯工作？"利兰·海斯指着他说。

　　"是的，先生。"迪基·布莱森告诉过我要保持回答简洁。

　　"他为你们提供工作是出于慷慨，不是吗？"

　　"我想是这样。但是我们为我们的钱工作。这并不是施舍。"

　　"还有其他人为你们提供工作吗？"

　　"没有。但是我们工作很卖力。"

　　"只要'是'或'不是'。那么，为什么你们会为马多克斯先生工作？"

　　"我们需要钱。"

　　"你们小女孩为什么需要钱？难道你们父母不提供你们零花钱吗？"

　　"许多孩子都会出来工作。"我说。

"请回答问题。你们的父母不给你们零花钱?"

"我只有妈妈。爸爸去世了。"

"我表示同情。那一定很艰难,在没有父亲的环境下长大。他是怎么死的?"

迪基·布莱森站起来。"反对,"他说,"这与案情无关。"

"反对有效。"法官说。

我看向陪审团。塔米·埃尔伯特面露一丝微笑。她知道我爸爸是如何被杀死的。他们都知道这件事。他们还知道他并没有跟妈妈结婚。

"现在你们跟舅舅生活在一起,这没错吧?"

"是的,先生。"

"为什么跟舅舅生活在一起?是因为你妈妈不能照顾你们吗?"

"反对,"迪基·布莱森再次反驳,"这与案情无关。"

"我将证明这与案情相关,阁下。"利兰·海斯说,"这跟接下来的动机和性格问题有联系,这也是我们辩护的核心。"

"我准许你继续提问。"法官说。

"那么为什么你们不跟妈妈生活在一起呢?"

我看向妈妈。她笔直地坐着,嘴唇紧闭。"这有点复杂。"我说。

"你让我印象深刻,我觉得你是个非常聪明的年轻女士,我确信你可以向陪审团解释清楚那个有点复杂的事情。"

"妈妈有一些事务需要去处理,所以我们决定来看望汀斯利舅舅。"

"事务？什么事务？"

"私人事务。"

"你能说得更具体一些吗？"

我再次看了看妈妈。她看起来像是要爆炸了。我转向法官："我必须回答这个问题吗？"我问道。

"我想是的。"法官说道。

"但那是个人隐私。"

"个人私事经常会在法庭上讲出来。"

"好吧，"我深深吸了一口气，"妈妈曾有点精神崩溃，所以她需要一些时间自己把问题想清楚，所以我们决定前来看望舅舅汀斯利。"

"所以你们两个小女孩是自己来弗吉尼亚的，从加利福尼亚来到这里。你们的妈妈知道你们来吗？"

"并不完全知道。"

"勇敢的女孩。你们的妈妈以前也做过这样的事情吗？把你们单独留下来？"

"只是短暂的一小段时间。她总会确保我们有足够的鸡肉馅饼可以吃。"

"好吧，那是她真正的责任。"利兰·海斯看着陪审团说。塔米·埃尔伯特特意转过身看向妈妈，妈妈的脸几乎跟她身上的天鹅绒外套一样红。

"你们的妈妈是个演员吗?"

"歌手兼作曲者。"

"那么表演只是一种虚构,对吧?"

"我想是的。"

"你们的母亲经常会虚构一些事情吗?"

"你这是什么意思?"

"她是不是曾经虚构过一个男朋友,而他根本就不存在?"

"反对!"迪基·布莱森大喊道,"这与案情无关。"

妈妈正看着陪审团,猛烈地摇着头。

"我会撤销这个问题。"利兰·海斯清了清喉咙说,"当你们的妈妈精神崩溃时,她离开你们,让你们靠自己生存。那很艰难。那意味着你们必须竭尽所能采取一切手段,必要时你们甚至还会撒谎。"

"反对。纯属狡辩。"

"反对有效。"

"我重新换个问题。你们以前是否为生存而撒过谎?"

"没有。"我断然说道。

"在为马多克斯先生工作一事上,你们是不是骗了你们的舅舅汀斯利?"

"那并不完全是个谎言,"我说,"我们只不过决定不在他面前提起这件事。"

"所以你们并没有向你们的舅舅撒谎,他让你们住进他的房子,喂养你们,照顾你们,你们却让他蒙在鼓里?"

"我想是的。"

"你们爱你们的舅舅汀斯利,是吧?"

"他很伟大。"

"他一直照顾着你们,因为你们的妈妈无法做到。所以你们想让他开心,你们还想试着取悦他。你们并没有欺瞒他,对吗?"

"我想是的。"我再次说道。我看到另一个阴谋布局来了,但我束手无策。

"你们的舅舅曾告诉过你们说他不喜欢马多克斯先生吗?"

"他有充分的理由不喜欢他。"

"因为马多克斯先生曾声称霍利德纺织厂的业主终止了你们的舅舅跟纺织厂的关系?"

"还有其他的原因。汀斯利舅舅认为他对工人不好——"

法官打断了我的话:"只要回答'是'或'不是'。"

"所以你是不是在马多克斯的事情上撒了谎,你们觉得这会让你们的舅舅开心?"

"反对!"迪基·布莱森喊道。

"反对有效。"法官说。

海斯再次看了看手中的拍纸簿。"还有几点,"他说,"你是不是在未经允许的情况下自行从马多克斯家的冰箱拿食物吃?"

"如果我为他们家的孩子做三明治,通常也会为自己做一份。"

"所以你的确未经允许拿了东西吃。"

"我不认为这还需要他们批准。"

"你们是不是未经马多克斯先生允许而喝了他的伏特加,这也是他要辞退你的原因之一?"

"什么?"

"'是'或者'不是'。"

"不是!"我大喊道。

"你是不是从他梳妆台的抽屉里偷过钱,而这是他辞退你的另一个原因?"

"不是!"

"你是不是对马多克斯太太有怨恨?"

"不是。"

"乔·怀亚特是不是你的堂兄?"

"是的。"

"你和乔·怀亚特是不是用刀扎坏了马多克斯的汽车轮胎?"

我低下头看着双手。"我没有做过。"我说。

"所以是乔·怀亚特干的吗?"

我耸了耸肩:"我怎么知道?"

"或许当时你也在那里。请记住,霍利德小姐,你已经宣过誓。是不是你帮助乔·怀亚特实施了犯罪行为?"

"那是因为马多克斯试图杀死我们!"我喊道,"他一直试图用他那辆勒芒车撞倒我们。我们必须保护我们自己。那是自卫——"

"我想我们弄明白了,"利兰·海斯说,"一个讨厌的小争执。我的问题问完了。"

"但是我需要解释——"

"我说了,我没有问题要问了。"

"你没有给过我机会解释!"

"年轻的女士,问题已经问完了。"法官说道。

利兰·海斯一坐下,迪基·布莱森就再次站了起来。他要我告诉陪审团马多克斯要用车撞倒我们是怎么一回事,我将当时如何步行走在去巴士车站的路上,马多克斯开着勒芒车快速冲到我们身边,我们不得不跳进沟里给他让道的经过告诉了陪审团。

然后又轮到利兰·海斯提问:"你将你指控的这些事件向警察报告过吗?"

"没有。"我说。

"也就是说,没有记录证明你指控的这些事件曾经发生过。"

"但是它们确实发生了。"

"陪审团会做出裁决。你所承认的一切表示你和马多克斯先生结了怨?"

"我想你可以那么说。但是之所以会这样都是因为他——"

"我的问题问完了。"

法官告诉我可以走下台了,但是我几乎不能移动。我刚刚背叛了妈妈。我还供出了乔。而且我还承认对汀斯利舅舅撒了谎。怎么会这样?我曾坚信自己站在正义的一边。事实上,我也知道我是正义的。我想做的只不过是站出来,把马多克斯对莉丝所做的一切讲出来,但是最终我却看起来像是一个爱撒谎、偷盗,以扎破轮胎来泄愤的人。我身体的一部分充满怒火,而另一部分却只是想偷偷溜出法庭,钻进一个又深又黑的洞里,再也不出来。

最终我从证人席上走了下来。迪基·布莱森告诉我,作证结束后,我可以坐在旁听席上。我经过马多克斯身边时,他摇着头看着陪审团,好像在对他们说,现在你们看清楚我不得不对付的孩子到底是个什么样子了吧。

我在妈妈和汀斯利舅舅中间的位子上坐了下来。他拍了拍我的胳膊,但是妈妈只是坐在那里,像一块僵硬的石头。

迪基·布莱森请求法警将韦恩·克里蒙斯带进来,之前韦恩一直在走廊里踱来踱去,不停地抽着烟。他穿着一件灰色风衣,脸上的胡子有段时间没刮了。他宣誓后坐了下来,咕哝着报出自己的名字,一直低着头,好像正在研究他的工作靴上的鞋带。

迪基·布莱森要他描述一下案发当晚他所目睹到的一切。

"也没什么,"韦恩说,"我只知道马多克斯和那个女孩坐在后座上,为钱争吵。她想从他那里要钱。但我真的什么都没看见。"

布莱森抬头看着他,有些吃惊:"你确定吗?"

"当时我在开车。我眼睛一直盯着马路。"

布莱森翻开他手中的文件夹,从中抽出一张纸,并举了起来:"克里蒙斯先生,你是不是曾对警察陈述说你看到杰里·马多克斯在你出租车后座上对莉丝·霍利德进行人身伤害,并对她进行性侵犯?"

"我不记得我对警察说过什么了,"韦恩说道,"我当时喝了酒,自打我从越南回来之后,我的记忆就混乱了。常常是,我忘记的事情真的发生过,而记得的事情却从未发生过。"

"克里蒙斯先生,让我来提醒你一下,你刚刚在这里宣过誓。"

"正像我刚才说的,当时我的眼睛在看马路。我怎么能知道后车座上发生了什么事呢?"

我还没来得及想清楚要做什么,就站起身来。"胡说八道!"我喊道。

法官狠狠地敲了敲他的小木槌说:"请遵守法庭的秩序。"

"但是他不能坐在那里撒谎——"

法官再次敲响他的小木槌,怒斥道:"遵守秩序!"

然后他示意执法警,在他耳边低声说了些什么,然后法警从侧门离开。过了一会儿,我感觉到有只手牢牢地抓住了我的肩膀,我转过身,发现是那个法警。他用手指向我示意,我站起来,盯着韦恩·克里蒙斯,他仍然低着头看着他的鞋带。法警将我带出法庭,他关上门后,说:"接下来的庭审时间里,法官不想你再进去。"

几乎就在同时,法庭的门打开了,然后韦恩走了出来。

"你为什么要撒谎?"我脱口而出。

"够了,小姐。"法警说。

韦恩只是摇了摇头,点燃了一支烟,通过走廊,走出了旋转门。

"不要回到证人室,"法警说,"并且不要跟其他证人交谈。"

我在走廊里的长凳上坐下来。几分钟后,法警又从法庭里走出来,打开证人室的门。"你起来,小姐。"他说。莉丝从证人室走出来,跟着他走进法庭,看也没看我一眼。

下午一点多的时候,法庭的门打开了,人们陆续走了出来。莉丝也出来了,妈妈和汀斯利舅舅一个在左一个在右,就像他们在守卫着她。她双臂交叉,低着头。乔和艾尔婶婶紧跟在他们身后。

"事情怎么样了?"我问莉丝。但她只是从我身边走过,什么也没说。

"挺好的。"妈妈说道。

"那个律师狠狠地刁难了她,"汀斯利舅舅说道,"然后马多克斯站在证人席上,他主要说,他因为你偷盗而解雇你,你们做这一切是为了报复他。"

"混蛋,骗子!"我说,"他们不可能相信他所说的。"

"我觉得他们不知道该相信什么,"汀斯利舅舅说道,"但是在审判结束之前,我们真的不该再讨论了。"

我们去了斗牛犬餐厅,选了靠后的桌子,那张餐桌恰好在斗牛犬队球员的照片下方,照片中还有迪基·"闪电战"·布莱森。律师和法官也来了,选了中间的桌子。紧跟其后的还有一些陪审员,他们坐在了吧台前。就在我们看着菜单的时候,马多克斯也走了进来,选了靠前的桌子。

"那个混蛋!"我说道。

"嘘,"汀斯利舅舅说,"不要讨论这个案子,你想让这个案子变成无效审判吗?"

"我们怎么能跟他在同一个房间吃饭呢?我现在就想吐。"

"出席法庭的每个人都会在这里吃饭。"汀斯利舅舅说。

"这也是在小城镇生活的乐趣之一。"妈妈说。

服务员走了过来,问我们需要什么。

"我们应该点荒谬。"我大声说道。

吃过午饭,我回到法院,坐在令人十分不舒服的走廊长凳上,陪审团开始审议。我想他们得花很长时间进行拉锯式讨论,包括整理证据,辩论法律问题等。但是不到一个钟头,法警来叫每个人都回到法庭。他告诉我说,因为举证结束,而且陪审团已经作出裁决,所以法官允许我回到法庭上。

陪审员列队而入。我看向塔米·埃尔伯特时,她正在看着法官。法务人员递给法官一张纸,他将它打开,阅读完,又叠了回去。"判决如下:所有指控无效,被告人无罪。"他说。

艾尔婶婶倒抽一口气,妈妈失声喊道:"不!"

法官敲了下小木槌:"法院驳回诉讼。"

马多克斯拍了拍利兰·海斯的后背,走上前去一一跟陪审员握手。莉丝和我静静地坐在那里。我感到了彻底的困惑,好像整个世界都颠倒了,我们生活在这样一个地方,有罪的人是无辜的,而无辜的人却是有罪的。我不知道该做什么。在这样一个黑白颠倒的世界里你还能怎么做呢?

迪基·布莱森将所有的文件重新放回文件夹里,走到我们坐的地方。"一些自说自话的案子很难举证。"他说。

"但是我们有一个目击者。"我说道。

"但是今天你没有。"

第四十七章

我们坐进了伍迪车。汀斯利舅舅沿着霍利德大街开着车，什么也没说。我握起莉丝的手，但是她将我的手拿开，她倚靠着车门。妈妈愤怒到简直无法控制自己。她点燃香烟时，手指在颤抖。她告诉我们那个辩护律师是一头怪物。他说的有关她的事情都是离谱的、不真实的。他对待她的女孩们的方式是可怕的。她继续说，他对待莉丝甚至比对我更糟糕。他拿莉丝的想象力和创造力说事。他控诉她不断捏造事实——例如，她在给马多克斯的女儿辛迪读书时会随意改变故事的结局。他说警察那里的莉丝脸部受伤的照片，很有可能是因为汀斯利舅舅因为她回家太晚而掌掴她导致的。他还问莉丝我们在新奥尔良摆脱掉的那个变态狂的事情，他对陪审团说这就是她在毫无证据的情况下称男人为"变态"的证据，因为她把这当成了战胜男人的游戏或者说是对男人的挑战。律师还说莉丝最喜爱的两位作者刘易斯·卡罗尔、埃德加·爱伦·坡他们本身就是变态。他声称莉丝生性惯于撒谎，她总是异想天开并痴迷于变态的想法——而且这本身就不是一般的变态，他这样对陪审团说。

妈妈又开始说她是多么地憎恨百乐镇。镇上到处都是土包子、乡巴佬、疯子和思想不开化的人。它闭塞狭隘，毫无气量，落后而又充满偏见。坐在那样的法庭上是她生命中最耻辱的经历。我们才是真正的胜诉者，而不是马多克斯。应该遵照我们的价值观和生活方式来审理，支持我们走向外面的世界、去做一些具有创造性的事情的意愿，绝不是将生命浪费在这个令人窒息、幽闭的纺织小镇上。

"别说了，夏洛特。"汀斯利舅舅说。

"这是这个小镇的问题。"她说，"每个人都保持缄默，假装没有什么事是错的。小蚕豆是唯一一个有勇气站出来说这一切都是谎言的人。"

"陪审团认为我所说的都是谎言，"莉丝平静地说，"什么事也没发生。你听到判决了。什么也没有发生。"我紧挨着她坐着。她看向车窗外。"胡说八道？"她说，"或者 a lack of pies？"① 她抬起双腿，用胳膊搂住膝盖。"胡说八道。缺乏馅饼。眼睛按照大小排列的斑块。或者黑眼睛的谎言？"② 莉丝用一种听起来遥远而单调的声音说着一些话，声音小到只有她自己能听见。"剜出眼珠子。杀死谎言。合成。我的大腿之间。"她顿了一下，"毫无疑问，我们终将

---

① 前一句原文是"Was it a pack of lies？"其中 pack、lies 分别与 lack、pies 谐音。
② 原文是"Pack of lies. Lack of pies. Plaque of eyes, arranged by size. Or black-eyed lies？"根据上下文，这是莉丝处于紧张状态下的胡言乱语，也可以视作莉丝想象力丰富的一种表现。下文也是如此。

消亡。"她仍然盯着车窗外。"所有的撒谎者说着他们的谎言。"她又停了一下,"谁能否认谎言?谁能检测谎言?谁能衡量谎言的大小?谁会剜出撒谎者的眼珠子?谁哭了?谁在监视?谁叹了气?谁死了?"

"请停下来。"我说道。

"我无法停下来。"

那天太过漫长,似乎永远没有尽头。我们回到家时,下午还未过去一半。早上还是晴空万里,这时却乌云密布,有些冷,天空开始下起了蒙蒙的细雨。莉丝说她要上楼去鸟房单独待一会儿,或许会小憩一会儿。汀斯利舅舅决定在客厅生火,派我去木棚里取一些引火柴。我找不到合适的引火柴,于是就用挂在墙上的小斧头将一些小圆木劈成碎块。

审判结束后,做一些简单的力气活让人感觉不错。将木头放在木砧板上,用力挥下斧头,木头清脆地被劈成两块。然后将这些碎木块堆在一起,再去劈另一块木头。一切事物都按照它本身应有的轨迹行进着。不要阴谋诡计,没有意外惊奇。

我劈好了足够多的引火柴,然后将它们放进帆布手提包,又取出一些汀斯利舅舅储存在旧钉箱里的干燥的小树枝添进去,再提着它们折回屋里。我用胳膊遮住了手提包,所以木柴没有被雨淋湿。

汀斯利舅舅正跪在壁炉前,将报纸揉成团,还将一些硬纸板撕成条状。妈妈坐在壁炉旁的锦缎高背椅上。她和汀斯利舅舅貌似决定休战，因为他们已经厌倦了争斗。相反，汀斯利舅舅正在谈论着要让火烧得好，适量的引火材料的重要性——纸张、纸板、树枝、引火柴，风干的小木头碎片——直到火势旺盛你才能加进圆木。否则，只会冒烟。

"蚕豆，为什么不到楼上看看莉丝愿不愿意下楼呢？"妈妈说，"她极有可能在使用一些余温。"

我爬上楼梯来到二楼。汀斯利舅舅经常将散热器关掉，除非温度降到零度以下。走廊里很冷。雨越下越大，能听见雨水敲打金属屋顶的声音。我打开我们房间的门，看见莉丝穿着衣服躺在床上。我正要转身走开，好让她继续睡觉，突然从她喉咙里冒出低沉的声音，把我吓了一跳。

"莉丝？"我说道，"莉丝，你还好吗？"

我在她身边坐了下来，摇了摇她的胳膊，叫着她的名字，她抬起头看着我，眼神有些模糊、散乱。她口齿不清地说了几句话，但是我无法理解她说了什么。我跑下楼，"莉丝有些不对劲！"我尖叫道。

妈妈从椅子上跳了起来，汀斯利舅舅也丢下手中的圆木。我们都跑上了楼。汀斯利舅舅使劲摇晃着莉丝，她的反应只是一些含混不清、让人无法理解的声音。

"你是不是吃了什么东西？"汀斯利舅舅朝她喊道。

"药片。"她含糊地说。

"药片？什么药片？"

"妈妈的药片。"

汀斯利舅舅看向妈妈："她吃了什么样的药片？"

"她一定是吃了安眠药。"妈妈说。

"你有安眠药？"

"那又怎样？"

"上帝呀，夏洛特。赶紧去检查一下药瓶。"

汀斯利舅舅开始拍打莉丝的脸，并将她从床上拖起来。莉丝被什么东西绊了一下，摔倒在地板上。汀斯利舅舅说我们必须叫醒莉丝。

妈妈回来说瓶子是空的，但是瓶子里的药片本来所剩不多，可能是六片，最多八片。汀斯利舅舅半横抱半拖着莉丝来到洗澡间，妈妈跟在后面解释说开庭的日子越来越近时，她给过莉丝一片安眠药来帮她安抚紧张的神经。在水槽前，汀斯利舅舅强迫莉丝喝下几杯水，然后让她跪在马桶前，将手指伸进她的喉咙。她吐了他一手，但是他仍坚持着直到她将所有的东西吐完，最终变成干呕。然后他将她拖进浴缸里，打开冷水龙头，他们一起穿着衣服站在冷水下面，他们的衣服全都湿透了。莉丝开始不停地咳嗽起来，打着汀斯利舅舅，恳求妈妈让他停下来，请求他停下来。

"他正在将你体内的药物毒性逼出来，亲爱的。"妈妈说道。

"这不是闹着玩的。"汀斯利舅舅说。

"我们需要打电话叫救护车吗?"我问道。

妈妈和汀斯利异口同声地回答"不"。但他们又分别用不同的措辞继续解释,汀斯利舅舅说,"一切都在我们的掌控之下。"而妈妈说,"她会好起来的。"过了一会儿,妈妈补充道:"一天之内我们已经应付了足够多的穿制服的人了。"

当药物毒素全部排出莉丝的体内后,汀斯利舅舅马上找出一件大法兰绒衬衫给莉丝。妈妈和我帮她穿上,然后再裹上一条毯子,把她带到楼下坐在火炉旁,汀斯利舅舅也换上了干衣服。妈妈给莉丝倒了一杯热咖啡,而我将她的头发擦干,帮她梳头发。

"你想自杀吗?"我问莉丝。

"我只想睡觉,"莉丝说,"我只是想让一切都消失。"

"那样做真是太愚蠢了。"我说。我知道说出来不好,但我还是忍不住说了,"那正是马多克斯一直想做的事情,想杀死我们,你是为他做这件事吗?"

"让我一个人待着,"莉丝说,"我觉得自己像个废物。"

"蚕豆说得对,"妈妈说,"他喜欢听到你回到家用药过量致死的消息。不要给他顺心如意的机会。"

莉丝只是小口抿着咖啡,眼睛盯着火焰。

第四十八章

第二天早上我醒来时，莉丝还在熟睡中。我用胳膊肘碰了碰她，看她是否好一些了，只听见她咕哝说她还活着，但是只想单独一个人待着。既然是周六，我就让她继续待在床上了。

我下楼来到厨房，汀斯利舅舅正在一边喝着咖啡，一边阅读他最新的地质简报。我给自己做了一块荷包蛋吐司，坐在他旁边吃着，这时妈妈拿着一本书走了进来。

"我想到一个很棒的主意，来一次公路之旅。"说着她举起了手中的书。这是著名的弗吉尼亚树木指南。妈妈说莉丝和我总是谈及百乐镇周围的特殊的树，如高中学校里的高大白杨树，怀亚特家后面树林里的栗子树。但是那些树根本没法跟书里提到的真正壮观的树相比——在诺托韦河沼泽，有整个州最大的秃柏树；在杰斐逊国家森林公园有三百岁的红皮云杉；在汉普顿有一棵巨大的橡树，就是在它的枝干下，联邦士兵对着一群奴隶宣读了《奴隶解放宣言》，那是第一次在南方宣读。妈妈继续说，那里有几十棵大树，每一棵都很迷人，能潜移默化地让人的生活发生改变，我们三位女士要做的事情就是开车兜风，与它们进行精神交流。"它们会激发我们的灵感，"妈妈说，"这正是我们现在需要的。"

"一次公路之旅，夏洛特？"汀斯利舅舅问道，"这个想法似乎有点不成熟。"

"你总是这么消极，汀。"妈妈说道，"每当我想出一些主意，你总是想扼杀它们。"

"学校怎么办？"我问道。

"我会在家里给你上课。"她说。

"我们这就出发？"我问道。

"我们不能待在这里。"妈妈说，"那是不可能的。"她奇怪地看着我，"我的意思是，你没说过你想待在这里，对吗？"

我满脑子被开庭和判决、莉丝的那些愚蠢的安眠药所占据，我甚至没有想过下一步我们要做什么。"妈妈，我不知道我想做什么，"我说，"但我们不能离开。"

"为什么不能？"妈妈问道。

"每次我们遇到问题，就想逃离，"我说，"但是我们会在新的地方遇到新的问题，然后我们又得逃离那里。我们总是在逃离。难道我们不能有一次选择就待在某一个地方，想办法解决问题吗？"

"我赞成你的想法。"汀斯利舅舅说。

"你试图通过指控马多克斯来解决问题，"妈妈说，"看看都走到哪里去了？"

"我们应该怎么做？逃跑吗？"突然，我感到有些愤怒，"你真的很擅长逃跑,不是吗?"

"你怎么敢这样对我说话,我是你的母亲。"

"然后突然就会像变了一个人似的。如果你一直能像个妈妈一样,我们就不会像现在这样一团糟了。"

以前我从未像今天这样跟妈妈说话。当我说出了这些话,我意识到我已经走得太远了,但是一切都来不及挽回。妈妈在餐桌前坐下来,开始啜泣。她说,她努力想成为一个好母亲,但是那太难了。她不知道该做什么,从哪里做起。我们都无法适应她在纽约租的那间又旧又小的一居室公寓,但是她又负担不起条件更好的房子。如果我们不来一次公路之旅,或许我们可以在卡茨基尔山靠近她灵修的地方找一所房子,但是她绝对不会待在百乐镇。绝对不会。

汀斯利舅舅用胳膊搂过妈妈,她靠在他的肩膀上。"我并不是一个坏人。"她说道。

"我知道你不是。"汀斯利舅舅说,"大家都很难。"

我几乎要为我说的话向妈妈道歉,但是我阻止了自己。我觉得我是对的,妈妈需要面对现实。所以我让汀斯利舅舅安慰她,我为莉丝倒了一杯橙汁,上楼去看她了。

莉丝还在睡觉,但我不断推她,最终她翻过身,看着天花板。
"你感觉怎么样了?"我问她。

"你觉得我感觉怎么样?"

"十分糟糕。"我说,"给,喝了它。"

莉丝坐起身来,喝了一口橙汁。我告诉她妈妈关于公路之旅,以及也有可能会搬到妈妈进行灵修的卡茨基尔山的主意。莉丝什么也没说。我继续说,无论在什么情况下,妈妈说她都得离开百乐镇,所以我们必须决定我们将要做什么。

"你是姐姐,但这是我的想法。"我说。妈妈的公路之旅的想法跟她其他的想法一样荒谬。去卡茨基尔山的计划更是彻头彻尾的古怪。我不想去进行什么灵修,跟什么僧侣住在一起。如果我们去了那里,妈妈再度精神崩溃怎么办?那些僧侣们会照顾我们吗?再者,只剩下三个月我们就要离开学校了。我们至少要在百乐镇完成学业。这里还没有糟糕到无法忍受。我们有汀斯利舅舅,有怀亚特一家人。他们不会离开这里。最后,跟马多克斯之间的纠葛已经过去了。我们不可能喜欢它结束的方式,但是它确实结束了。

"我不知道,"莉丝说,"这让我很伤脑筋。"她将橙汁放在床头上,"我只想睡觉。"

我返回楼下。汀斯利舅舅在客厅再次升起火,妈妈坐在椅子上。她的眼睛因为哭泣有些红肿,她显得异常平静但仍很伤心。我意识到我不再生气了:"妈妈,对不起,我刚才说了那些话。我知道那很伤人。"

"如果它不是如此真实,就不会伤人。"母亲说。

"我有时候就是一个混蛋。"我说。

"不要因为你是谁而道歉,"她说,"而且不要害怕说出真相。"

"克莱小姐在学校里说我长了一张恶毒的嘴巴。"

"她是对的。"妈妈说,"如果你能让它为你工作,那张恶毒的嘴会让你走得更远。"

第四十九章

莉丝在床上整整待了一天一夜。第二天早上,她仍不肯起床。早餐后,汀斯利舅舅让我帮他清洁水槽。我们从谷仓往回走,一人抬着铝制长梯的一端,突然那两只鸸鹋出现在车道上,慢悠悠地走着。它们似乎并不害怕,竖着头,焦糖色的大眼睛四处张望着。

"它们肯定是从斯克拉格斯家的田里走失了,"汀斯利舅舅说,"斯克拉格斯从来不加固他的围栏。"

我们将梯子放在地上,两只鸸鹋小心翼翼地盯着它看,我跑进屋里去叫莉丝,她穿上牛仔裤,飞快地跑下楼梯。这时,两只鸸鹋正朝着谷仓走去,喉咙里发出咯咯的声音。它们恣意地迈着阔步,每当抬起一条腿时,头就随着摆动一下。稍小一点的那只鸸鹋一只脚走路时会斜向一边,好像受过伤。它们动作兼具笨拙和优雅,还不时地扭头看看背后,像是在相互确认自己是否安全。

汀斯利舅舅觉得最好联系一下斯克拉格斯,他需要知道他家走失了家畜。他走进屋里去打电话。出来时,他说他跟斯克拉格斯谈过了,这两只鸸鹋实际上属于斯克拉格斯的女婿塔特,他正在山谷里工作,到后天才能回来。塔特是唯一知道如何捕捉这两只鸸鹋的人,所以斯克拉格斯问能否在塔特回来之前收留它们。

"我认为这是件好事,"汀斯利舅舅说,"但是我们得把它们弄进牧场。"

鸸鹋们迂回地绕过谷仓来到果园。它们离牧场的门口只有几英尺远,牧场用三层模板做围栏。我们慢慢地走在鸸鹋的后面,伸出手臂,努力将它们赶进牧场的大门。它们一进去,莉丝就迅速地关上了门,并上了锁。

那天早上稍晚时分,我们将妈妈领到田地里,向她展示鸸鹋,但是当她近距离地观察它们时,它们的大爪子令她十分不安,她说她不想跟它们有任何关系。但是莉丝却觉得它们让人着迷。当汀斯利舅舅和我返回去清洁水槽时,水槽堵得很厉害,里面还长出了一些小绿芽;而莉丝整个下午都倚在围栏上观察鸸鹋。她无法相信鸸鹋有如此奇怪的外表。她说,它们看上去似乎不是这个世界的生物,而像史前时代的生物,或者是来自另一个星球的外星人,又或者是天使。她认定那只稍大的是雄性,稍小的是雌性,她还给它们起了名字:尤金和尤妮斯。

莉丝不仅喜欢这两只鸸鹋,她还非常热爱"emu"[①]这个词。她将它读成"emyou"和"emooo",声音拉长,像一只正在哞哞叫的牛。她指出"emu"反过来就是"you-me",而且她还想出一串

[①] "鸸鹋"的英文单词。

以"emus"押韵的词,从"refuse"到"snooze",到"blues",再到"choose"和"chews"。

那天晚上,她在汀斯利舅舅的《大英百科全书》里查了关于鸸鹋的信息,它们如何从澳大利亚来到这里,如何做到每小时四十五英里的飞行时速,雄性鸸鹋如何坐在巢上,它们又如何长出独特的羽毛来的。

"它们是如此奇怪,却如此美丽。"她说。

"就像你。"我说。

我只是开个玩笑,但莉丝却点点头。她说,她觉得自己有点像鸸鹋。或许这正是她还是小女孩时就会做飞翔之梦的原因——在内心深处,她就是一只鸸鹋。她确信鸸鹋也会做飞翔之梦。这是他们之间的又一共同之处。无论是她还是鸸鹋都想飞翔——只是没有飞翔必需的翅膀。

第五十章

星期一早上,我回到学校。审判已经过去两天了,但是我们仍然没有想出接下来要做什么。妈妈开始到百乐镇之外进行静修。她不断地谈论那个轻率的公路之旅,以及到卡茨基尔山去,又或者到钦科蒂格岛去看小野马。与此同时,莉丝一直拒绝去学校。她不关注鸸鹋时,就会待在我们的房间里,她会沉迷于写关于鸸鹋的诗歌。其中一首是:

永远不要跟鸸鹋争斗,
因为鸸鹋未曾失败过。

另外一首是这样写的:

当它们打喷嚏时,
鸸鹋选择
使用
纸巾。

还有：

鸸鹋熟读
这则消息，
有时孑然一身
有时出双入对。
但是，
若问它们在想什么，
鸸鹋只是眨眨眼，
鸸鹋鲜少与人分享它们的观点。
它们不会拒绝。
它们使用诡计，
假装十分困惑。

星期三下午，塔特和几个朋友赶着一辆运牛的空拖车来了。塔特是个个头小、肩膀有些斜的家伙，满头浅黄色的头发，嘴巴紧闭，不苟言笑。他没有感谢我们帮他喂养他的鸸鹋，而是直接抱怨这些愚蠢的大鸟有多么麻烦，这是他做的最差的一笔交易。这两只鸸鹋是一个家伙在佩珀县卖给他的，当时那家伙对他说这是一对具有很强繁殖能力的鸸鹋，还让他相信鸸鹋肉和鸸鹋蛋也会是笔大收益，但是这对鸸鹋既不能繁殖也不能下蛋。他早就想把它们烤来吃了，只是因为听说它们的肉太臭了，而且吃起来像皮革，才作罢。现在这些该死的大鸟在这闲逛，吓唬着牛群，大坨的鸟粪拉得到处都是。除了能当熊饵以外，它们一无是处。

汀斯利舅舅给他带路，塔特将拖车拖到牧场门口。我们列队走进草地，包括妈妈。她回到家后抱怨说她没穿对鞋子。还有就是，她并不信任这两只鸸鹋，担心它们可能会在瞬间反咬我们一口。

莉丝还随身携带了一些面包，试图将鸸鹋引诱到拖车上，但是它们一靠近拖车斜板，往又黑又狭窄的车厢里窥探了一下后，就用它们滑稽的斗鸡眼看了一下莉丝，快步离开拖车。

我们花了一个多小时大喊大叫，挥舞着双臂，试图将鸸鹋驱赶进拖车里。但是没有成功。每当我们把它们赶到拖车附近时，鸸鹋们就会尖叫着、拍打着它们发育不良的小翅膀，极力躲开。塔特一度还想抓住尤金的脖子，但是尤金踢起它又长又尖利的大爪子，塔特不得不往后跳着躲开。"该死的鸟，"他说道，"它们太愚蠢了，我应该直接开枪打死它们。"

"它们并不愚蠢，"莉丝告诉他说，"它们只不过不想你要它们做什么就去做什么。它们为什么必须遵照你的意愿行事呢？"

"好吧，我讨厌这两只丑陋的家伙。"他说道。

塔特停下来看着莉丝。"你喜欢它们？"他问道，"它们属于你了。"

"噢，天呢。"莉丝说。她实际上是跪在了地上，张开双臂，对他说："谢谢你，非常感谢你。"

塔特看着莉丝，觉得她好像疯了。

"等一下。"汀斯利舅舅说，"我们不能接受这两只鸸鹋。谁来照顾它们呢？"

"我。"莉丝回答说。

"我会帮忙。"我说。

"求你了。"莉丝对汀斯利舅舅说。

"我们在讨论的是一个严肃而长期的承诺。"汀斯利舅舅说。

"没错。"妈妈说道，"总之，我们不会一直待在百乐镇。我们会不断迁徙。去卡茨基尔山。或者去任何地方。"

"我们不能抛弃这两只鸸鹋。"莉丝说。

妈妈脸上现出一副迷惑不解的表情："你是在告诉我你想待在百乐镇，因为你爱上了一对令人厌恶的大鸟，它们在某一天偶然出现在了车道上？"

"它们需要我，没有其他人来照顾它们。"

"我们不属于这里。"妈妈说。

"鸸鹋也不属于这里，"莉丝说，"但是它们就在这里。"妈妈想要再说些什么，但是停住了。

"我们将收养这两只该死的大鸟。"汀斯利舅舅对塔特说。然后他看着莉丝说："但是你得回学校上学。"

"好吧。"莉丝说,"我会去上学的。"

"你呢,妈妈?"我问道,"你打算做什么?"我看着她。她正盯着远处蓝色群山背后的落日沉思着。

"我不能待在这里,"她最终说道,"我不能。"

第二天,莉丝又回到了学校,而妈妈收拾行李准备回纽约。她说一切都会变好。回到纽约后,她会找一家出版社来出版莉丝的鸸鹋诗集。她还会在上西区租一间我们都能住的便宜公寓,然后将我们送进为具有特别才能的孩子设立的公立学校。她还说我们也许会一起在卡茨基尔山度过整个夏天。

第二天早上,每个人都起得很早。黎明前下了一场雷雨。天亮后,在干净湿润的空气中仍然能嗅到雷电的味道。妈妈将行李箱放到停在干道上的道奇车里,然后一一跟我们拥抱。她穿上了她的红色天鹅绒外套。"三人帮。"她说道,"我们不久就会在一起的。"

我们一直看着道奇车消失在车道的拐弯处。

"她走了。"莉丝说。

第五十一章

莉丝返回学校时，距离审判结束已经有一个星期了。我希望其他人会忙些其他事，停止嘲弄她。但他们并没有完全停止，不过莉丝发明了一种应对嘲弄的方法。那就是，她完全沉浸在自己的世界里，快速通过走廊，就好像别人都不存在；放学后她会弹吉他，然后在晚上创作她的鸸鹋诗歌，一直到很晚；她还会画些插图，比如：鸸鹋在读报，鸸鹋在擦鼻涕，鸸鹋在演奏萨克斯管。

尽管妈妈说过要找家出版社来出版莉丝的诗歌，但莉丝害怕将自己的诗歌展示给除了家人之外的任何人。如果有人批评她的作品，她会不堪一击。所以我将她的一系列诗歌复制了一份，悄悄地拿给贾维斯小姐看，她找到莉丝，并告诉她说她很有天赋。莉丝开始将午餐的时间都花在了贾维斯小姐的教室里，那里还有几个百乐镇高中之外的学生——塞西尔·贝利，喜欢谈论伊丽莎白·泰勒，经常被人称作怪人；肯尼斯·丹尼尔斯，总是穿着一件斗篷，也写诗歌；克莱尔·欧文斯，一个白化病人，她说她看见过光环绕着人们；还有卡尔文·斯威利，一个长着大脑袋的家伙，上关于太阳系知识的课时，一些自作聪明的人给他起了个绰号叫"木星头"，而他也接受了这个绰号。在贾维斯小姐的午餐时间里没有人取笑别人，而且她还鼓励和赞扬每个人的个性。莉丝一直太专注于自己的感受，觉得在百乐镇自己是个受蔑视的局外人，以至于她都没发现这个学校还有其他的局外人存在。他们的存在对她来说是一个真正的启示。

第五十二章

自从审判之后我一直忙着照顾莉丝和鸸鹋，很少看见怀亚特家的人。但是四月的一天下午，我刚满十三岁不久，莉丝和我放学回到家，发现汀斯利舅舅和艾尔婶婶正坐在门廊上。

"纺织厂出大事了。"汀斯利舅舅说道。

"马多克斯先生被解雇了。"艾尔婶婶解释说。

"什么？"莉丝说，她几乎不敢相信她听到的。我朝她的肩膀猛击了一拳。

"艾尔亲眼看到的。"汀斯利舅舅说，"她一路步行过来，就是为了告诉你们这件事。"

"而且这也是一次愉快的徒步之旅。"艾尔婶婶说。她解释说，马多克斯被无罪的判决冲昏了头脑，韦恩·克里蒙斯出庭作证后的第二天就离开了县城，人们都说马多克斯给了他两个选择，一是收买他，一是威胁他。一些人甚至相信马多克斯之所以在出租车里攻击莉丝，是因为他有能力将韦恩变为有利于他的目击证人。

总之，审判一结束，马多克斯开始确信他可以让任何人或事消失，可以对任何人胡作非为，不论是在纺织厂里，还是镇上其他地方。艾尔婶婶说，在审判之前，马多克斯就是个爱出风头的混蛋，被判无罪后，他彻底肆无忌惮了，咒骂、殴打男人，摸女人的胸部和臀部。有一次，他看见一个女孩非午餐时间在她的织布机前吃鸡蛋沙拉三明治，就上前夺过三明治，直接摔在了女孩的脸上。就是在那个时候，人们开始了怠工。工人们将工作量控制在微微超过从马多克斯那里获得的劳动所得，他们努力做一切可做的事情，来给马多克斯带来麻烦。纺线缠成了团，纺织机主轴开始出现故障，无休止的修理。停电了。厕所堵塞了，重换排水管。

纺织厂业主们盼望管理者能解决所有的问题，不管他采取什么方式，如果有一件事不好，就是管理者的错。业主们不需要任何借口。马多克斯开始更加严酷地对待工人，但是工人们用更消极的怠工做出反击。

艾尔婶婶继续说，该轮到马多克斯了，昨天晚上他直接丢了饭碗。起初他跟凡妮莎的叔叔尤利乌斯·约翰逊，一个健壮的黑人，发生了争吵，原因是尤利乌斯在厕所待的时间过长。马多克斯一开始朝尤利乌斯大喊大叫，并用手指戳他的胸部。先前纺织厂里传过马多克斯袭击了拉拉队队长莱提卡的事，虽然黑人都对这件事缄口不言，但是这件事牢牢地印在了尤利乌斯的脑海里。总之，跟马多克斯差不多一样高大威猛的尤利乌斯，猛地抓住了他的手，并告诉马多克斯不要朝他乱戳，从现在开始得对工人们表示一些尊重。马多克斯当着全体工人的面，打了尤利乌斯的脸。所有的人都屏住了呼吸，人们还没来得及发出嘘声，只见尤利乌斯扑倒了马多克斯，两个人倒在车间的地板上相互扭打着，直到警卫将他们俩拉开。

"马多克斯和尤利乌斯都被解雇了。"艾尔婶婶说。尤利乌斯立刻变成了百乐镇上黑人中的英雄，为黑人服务的莫尔顿兄弟殡仪馆的塞缪尔·莫尔顿，已经给了他一份工作。人们还说实际上纺织厂的业主们看着马多克斯离开工厂非常开心。他带来的麻烦远远超过了他本身的利用价值。

艾尔婶婶伸出手拍拍莉丝的手臂。"如果有瘦弱的白人女孩愿意站出来反抗杰里·马多克斯的话，"她说，"我猜尤利乌斯·约翰逊会说他还会狠揍他的。"

第五十三章

每天放学后我们都会用鸡饲料喂鸸鹋，鸡饲料是汀斯利舅舅从曼西先生那里以便宜的价钱买来的。我们跟它们的关系已经发展到，它们一看见我们，就会马上跑到围栏边上，尤金在前面领路，尤妮斯跟在后面，它那条有点跛的腿每走一步就往一边摆一下。

我爱这两只生长过快的大鸡，但是跟莉丝爱他们的方式不一样。她绝对地宠爱他们。她还给它们带来膳食，比如饼干盒花椰菜。她在草地上跟在它们后面，研究它们的习性。尤金允许她近距离抚摸自己，甚至吃她手里的食物；但是尤妮斯容易受惊吓，不想被人抚摸，总是躲避莉丝，看见莉丝伸出手就会跑掉，所以莉丝总是将食物给它放在地上。

莉丝总是说，照顾鸸鹋是她的责任，她是它们的保护者，而且她对它们总是充满各种担心：山猫可能会攻击它们；一些男孩子可能会把它们当做射击比赛游戏的靶子；它们可能会逃出围栏，最终被车轧死。

在马多克斯被解雇几周后的一天下午，我们前去牧场，却发现牧场门打开着，鸸鹋不见了。我们跑回家，汀斯利舅舅告诉我们，那天早上一组电力公司的工作人员到牧场去修剪过长得过长的树枝，以免它们干扰电线，离开的时候他们肯定忘记了关上牧场的门。莉丝难过到浑身发抖。我们挤进伍迪车，开着车四处寻找鸸鹋，最终我们在距离梅菲尔德一英里外的乡间公路旁边的干草地里发现了鸸鹋。

那片干草地的主人是曼西先生，周围是带刺铁丝做成的围栏，大门敞开着。莉丝下了车，将大门关上，这样一来鸸鹋就暂时安全了，可是我们谁都想不出该如何把它们弄回家。在梅菲尔德，我们可以将鸸鹋驱赶进牧场，因为从梅菲尔德到牧场门口只有数尺之遥。而现在要沿着公路一路将鸸鹋赶回梅菲尔德，门儿都没有。或许可以通过运输的方式。即使塔特和他的朋友们一起，也没有成功将鸸鹋赶进牲畜拖车。莉丝几乎有些歇斯底里。

"我们得用绳子套住这些大鸟。"汀斯利舅舅说。

那天晚上他打电话给巴德·霍金斯——我们这条街道上的一名兽医，他有一匹马术马——问他能否用绳索套住鸸鹋，巴德答应说第二天下午跟我们在干草地里见面。汀斯利舅舅要我们也去召集一些朋友，人手越多越好。第二天在学校里，我将这件事告诉了乔，他说他会集合几个朋友。莉丝邀请了她新结交的午餐时间的朋友们。但是我们不知道到底能有多少人可以依靠。

那天下午当我们挤在伍迪车里到达干草地时，巴德·霍金斯已经等在那里了，手牵着一匹栗色马，后面还拉着一辆拖车。两只鸸鹋在干草地的另一边,正怀疑地注视着我们。当巴德在给他的马备上马鞍时,一辆绿色的"漫步者"驶过来,贾维斯小姐和几位"局外人"从车里走出来,其中包括穿着黑斗篷的肯尼斯·丹尼尔斯。几分钟过后,艾尔婶婶开着一辆小卡车到达,那车肯定是借来的,厄尔坐在她身边,乔和他的朋友们坐在车斗里。然后是粉蓝色凯迪拉克到达,露丝、凡妮莎、莱提卡,以及两位黑人运动员,包括塔。

在每个人的注视下,莉丝朝尤金走去,手里拿着一碗饲料和一根粗大柔软的绳索,上面系了一个绳圈。她将碗放在地上,当尤金开始啄食时,她将绳索朝它的头部扔过去,套住了它的脖子。乔把把厄尔带过去,小男孩伸出手去抚摸尤金的脖子。

同时,巴德策马跑向尤妮斯。当它飞奔起来时,他策马疾驰跟在它后面,将手高举过头部挥舞着套索。一些孩子在他周围奔跑着,试图帮他一把,肯尼斯挥舞着他的黑色绳索,塔张开他修长的双臂,露丝和莱提卡鼓着掌为他们加油。

尽管它的一条腿坏了,尤妮斯仍然能够快速奔跑,每当巴德扔出索套,它都能飞到一边躲开。经过整整一个小时的追赶,巴德策马回到了围栏边。汗水湿透了他的衬衫,马的胸部也满是汗水。"好消息是,大鸟开始有些筋疲力尽了,"他说,"坏消息是,我们则彻底筋疲力尽了。"

汀斯利舅舅一直倚靠在伍迪车观看着这一切,但是现在他开始指挥,让每个人都走进田地里,聚集在尤妮斯后面,然后站成长长的一排,张开手臂。莉丝牵着尤金通过大门来到公路上。因为孩子们站成一排在她后面追赶,他们的指尖不断触碰着尤妮斯,尤妮斯无路可退,只好向前跑。它小心翼翼地跟着尤金。

一切都在顺利地进行着,直到我们到达曼西先生干草地的角落里,在那里围栏线停了下来。就在那时候,尤妮斯因为惊慌失措猛地撞上了带刺的铁丝网围栏上,试图返回干草地的安全地带。它勉强从铁丝网中挤了过去,但是背部却撕开了一道血口。当尤金发现尤妮斯已经离开,它惊慌失措起来,蹒跚着疯狂地拉扯着莉丝的绳子,跟尤妮斯一样,它穿过了围栏,背上被撕掉了一块皮。

我感觉抓它们跟敲碎一块岩石一样艰难。经过一个多小时的奋战,情况比刚开始时更加糟糕。两只大鸟又回到该死的干草地里,它们已经伤痕累累。奇怪的是,莉丝和我都心烦意乱,而其他人却像是刚找到生活的意义似的。汀斯利舅舅喜气洋洋地拍着每个人的背,对他们的团队合作表示祝贺;而孩子们大声欢呼着,相互推搡着,站成一排做头部波浪式起伏的游戏,拍打着肘部,模仿鸸鹋的动作。我们一直待到傍晚时分才各自回到自己的车里。

第五十四章

现在天气变暖和了，每个星期六我都会骑自行车去怀亚特家问好，并吃一盘艾尔婶婶用平底锅煎的鸡蛋。莉丝常常骑车去查看两只鸸鹋是否还在，曼西先生说过会让鸸鹋好好地待在他的干草地里，直到我们想出办法将他们弄回去。经过第一回合的失败后，莉丝判定我们不可能捕捉到鸸鹋——我们既跑不过鸸鹋，也没有他们聪明。我们所能做的就是对他们友好，赢得他们的信任，于是莉丝开始行动起来。

五月份一个星期六的早上，我步行来到怀亚特家，走进厨房，发现艾尔婶婶正挨着厄尔坐在餐桌前。她告诉我她收到了杜鲁门的来信。杜鲁门在信中说虽然他努力想保持乐观，却不得不承认尽管美国的军队做出了最大的努力，但是战争的形势并没有朝着将军们断言的方向发展。美国人试图为了越南人结束这场战争，但越南人似乎并不想要这样的结局，毒品已经为基地最严重的问题。杜鲁门和他的越南女朋友金安正在认真地讨论结婚的事情，金安一直在基地担任将越南人训练成军人的教职。金安为她的家庭担忧，因为她父亲也是为美国人工作，她想知道如果她真的跟杜鲁门结了婚，她是不是可以带着父母和她的妹妹一起到美国来。

"克拉伦斯不赞成这桩婚事。"艾尔娜娜说,"我一直希望杜鲁门能跟一个百乐镇上的姑娘结婚。但是我会告诉他说如果他真的将金安带回这个家,我就是上山入地也会将她全家搬到这里,因为没有什么能比家庭更重要的了。"她把信折起来后放回信封。"来点鸡蛋怎么样?"

我正在用吐司擦着盘子里的油,这时乔走进了厨房。"我要去垃圾场,"他对我说,"想一起去吗?"各种各样的好东西会被丢在垃圾场,乔喜欢去那里看看是否能在人们扔掉的东西中找到能修理好的物件。他有时候会找到一个坏掉的割草机、录音机或缝纫机,将其带回家,拆卸开来,之后再组装回去。有时候他甚至能将它们派上用场。

垃圾场在小河的另一边,我们步行走过叮当作响的桥,狗一路小跑跟在我们身后。那是一个晴朗有风的春日,大团大团的云彩从我们头顶飘过。

"你怎么看杜鲁门的来信?"我问他。

"关于战争还是关于他的越南女朋友?"

"两个都要说。"

"杜鲁门真的很聪明。"乔说,"你如果不把注押在杜鲁门身上,肯定会输的。如果他说战争会变坏,那么战争就会坏的,我不在乎我爸爸说的那些话。"

我们来到桥的另一头。"那是不是意味着你没有从军?"我问道。

"根本不是那个意思。"乔捡起一块扁平的石块,抛向河面,打了个水漂。"你不停止战斗只是因为你已经开始输了。杜鲁门教我的。"他转过身来。"如果杜鲁门完好无缺地回来,"他说,"并且他想让那个女孩和她的家人跟他一起回来,那么,我从来没想过会看低金安的,这些东方女性可能很漂亮。罗杰·布拉姆韦尔去弗洛伊德县从军,退役回来后跟一个菲律宾女孩结了婚,他们生的孩子非常可爱。"

垃圾场周围被钢丝网和波纹铁皮板做成的围栏围着,旁边花团锦簇的野生萱草花灿烂地绽放着。人们将一些家电和机器——每一件都有可能被挽救——丢在围栏门的左边。我们花了大半个下午在满装着旧物品的箱子里搜索着,检查打蛋器,测试打字机,旋转旧收音机的数字键。狗占领了一块区域,啃着鸡骨头,不时追逐着不知从哪里冒出来的老鼠。乔发现了一个小巧的上发条的时钟,他认为他能把它修好,所以就在我们傍晚时分离开时带上了它。

我们步行返回,过了桥,沿着霍利德大街,狗紧紧跟在我们身后。经过法院后,我们拐进一条街道,两旁满是一些老建筑和紫薇藤蔓,穿过铁轨,然后抄近路走进药店和保险公司之间的一条鹅卵石小巷。药店后面是一个小型的停车场,通过木制楼梯可以通向停车场二楼。在楼梯的底部,一个金属垃圾桶旁边,停着马多克斯的勒芒车。

自从审判结束后我就没见过马多克斯,但是我知道我迟早会碰见他,我怕见到他。没有迹象显示他在那里,但也没见到其他人。我们来到勒芒车前,狗冲到前面,然后停下来,抬起后腿,开始朝白壁轮胎上撒尿,好像它知道这是谁的汽车似的。乔突然大笑起来,我也是。这是我一生中见过的最好笑的事情。

突然,楼梯上面的门开了,马多克斯冲了下来,愤怒地咆哮着说哪个该死的东西竟敢往他车上撒尿,这跟扎破轮胎一样是蓄意破坏。这次他当场抓住了我们。

马多克斯俯身下去,一把抓住了狗的脖子,然后打开勒芒车的后备箱,将狗扔了进去。

"你不要伤害狗。"我说,"你伤害了一切。你伤害了我姐姐,你知道的。"

"陪审团却不这么看。"他说,"无论如何,我已经受够了你,所以你给我闭嘴。这只狗很危险,没拴皮带到处跑。"他打开了勒芒的车门,将前排的座位向前翻起来。"现在,你们两个坐到后面去。"他说,"我们去见你们的父母。"

乔和我面面相觑。我承认我很害怕,但我们不能让马多克斯把狗带走。乔把时钟扔进垃圾桶,我们爬进车里。

一路上没有人说话。我盯着马多克斯的后脑勺——就像我在法庭上看着他那样，听着从后备箱里传出来的狗吠声。我简直不敢相信这一切。本来我以为跟马多克斯的事情已经了结了，但是现在整个事情看起来像是重新开始了。在法庭上赢了诉讼还不够，他还是不放过我们。这种纠纷会永远持续下去。

马多克斯将车停在了怀亚特家的房子前。天色渐晚，家里已经亮起了灯。马多克斯打开杂物箱，拿出一把钝头的左轮手枪，塞进了他经常穿的黑色连帽运动衫的口袋里。然后他下了车，再次打开后备箱，抓着狗的脖子，将它举到一臂远的距离，连门都没敲就直接冲进了屋里。乔和我跟在他后面。艾尔婶婶正坐在餐桌前，切除掉芦笋的尾部。

"把你的丈夫喊出来。"马多克斯说。

艾尔婶婶看了看马多克斯和狗，然后又看了看乔和我。

"发生什么事了？"

"我说把你的丈夫喊出来。"

艾尔婶婶站起来，脚缓慢地挪着，就像在作出决定前先要购买时间似的。她还没想好该说些什么，克拉伦斯叔叔就出现在门口。

"你以前有把枪，克拉伦斯？"马多克斯问他。

"为什么这么问？"克拉伦斯叔叔说。

"因为我们要把这只狗打死，它失去了控制，对人来说就是威胁。"

"它攻击了人吗？"艾尔婶婶问道。

"它只不过往马多克斯先生的车上撒了泡尿,"我说,"撒在轮胎上了。"

"就这些?"艾尔婶婶说,"狗都会这么干的呀。"

"破坏了我的私人财产,这就是它干的。"马多克斯说,"它必须死。我来这里不是要讨论它的。我来是要看到这只狗死掉。"

"你不再是我们的老板了。"克拉伦斯叔叔说。

"但是我仍然能踢你们的屁股。你没有枪,克拉伦斯,而我有手枪。"

"我有枪。"克拉伦斯叔叔说。

"那就去拿吧,"马多克斯说,"拿出来。"

狗一直在马多克斯的手里咆哮着,扭动着。

马多克斯闯进客厅,然后从后门走进房子和树林之间的小院子里。克拉伦斯叔叔不见了,不久,他拿着一支步枪回来了。

"爸爸,你不能杀它。"乔说。

克拉伦斯叔叔装作没听见:"你们都在这里待着。"他跟着马多克斯走出后门。

我们都瘫软地待在原地,我几近休克。我知道克拉伦斯叔叔本来就不希望乔养狗,但我不相信他会杀了这个小家伙。我看了看乔。他什么也没说,但脸色已经变得灰白。

我们听到一声巨大的枪击声,在房子后面的山间回荡。

然后狗开始狂吠。我们跑到后门。太阳落山了,但在昏暗的光线中，我们看到克拉伦斯叔叔站在那里，手里握着那支步枪。马多克斯仰面躺在克拉伦斯叔叔刚种植好的蔬菜园子里。他的一条腿扭曲到变了形，我可以看出他已经死了。

"老天呀，克拉伦斯。"艾尔婶婶说。

"我误以为他是一头熊，"克拉伦斯叔叔说，"我听到外面有动静，就去查看了一下。你们都在屋里呢，你们什么都没看见。"

他低下头看着自己的步枪。"我以为他是一头熊。"他又说了一遍。

第五十五章

警察来调查时,克拉伦斯叔叔也是那么说的,以为他是一头熊。当时天太黑了。马多克斯的块头差不多跟熊一样大,而且那天他穿着黑色的运动衫。当警察问克拉伦斯叔叔当时马多克斯在后院里做什么时,克拉伦斯叔叔说他不知道,因为他以为他是一头熊,所以没有问。

艾尔婶婶怀里抱着厄尔,说我们都在屋里,什么都没看见。乔和我点头表示同意。没有人提狗的事情。警察用绳子将后院隔离起来,派了一辆救护车将马多克斯的尸体运走,并把克拉伦斯叔叔带到警察局问话。艾尔婶婶给汀斯利舅舅打电话,请他过来接我。他来了之后,她简要地按照我们告诉警察的故事对他说了一遍。汀斯利舅舅静静地听着,"我知道了。"他说。

一路上大多数的时间我们都沉默着,最终汀斯利舅舅打破沉默说:"以为他是一头熊,是吗?"

"是的。"我说。

汀斯利舅舅一直盯着马路。"嗯,这样一个解释周围的人倒都能接受,"他说,"我知道我能接受。"

我们又沉默地走了一段路，然后他看着我。"你的保密工作做得很好。"他说，"你感觉还好吗？"

"还好。"我说。

我以前从未见过死人。我以为这种场景会令人沮丧，但没有。马多克斯的死也没有让我感到所谓的快乐，虽然我一直想亲手杀了他。也许是我麻木了。我所感受到的就是脑袋被什么塞满了，就像我在穿过一条隧道，左右两旁什么也看不清，只能将注意力集中在前方，不断向前进。

汀斯利舅舅将车窗摇了下来，深吸了一口气："闻闻看，有金银花的香味。"

我们到家时，月亮已经升起来了，银色的月牙儿。门廊的灯亮着，莉丝正站在台阶上等着我们。

"出什么事了？"她喊道。

"马多克斯死了！"我大声喊道。

汀斯利舅舅和我爬上了台阶。"天黑了，克拉伦斯·怀亚特听到后院里有什么动静，"汀斯利舅舅说，"他说他以为那是一头熊，就朝它开了枪。结果却是马多克斯。"

莉丝盯着我们看了一会儿。"我觉得头晕，"她说，"我想吐，我得躺下。"

她跑进屋里。我紧跟着她来到二楼，径直走到鸟房。她卧倒在床上,但过了一会儿,她坐起来,开始来回摇晃着身体。

"克拉伦斯叔叔并不是真的把马多克斯错以为是头熊。"莉丝说,"到底发生了什么?"

我在她身边坐下,开始解释,莉丝听完突然放声大哭。"没事。"我说。

"不,不好。"莉丝啜泣着,"多丽丝和他们的孩子怎么办呀?还有那个新生儿怎么办?"

"他有钱,还有那么多租出去的房子,"我说,"如果没有他,她会过得更好。"

"但那些孩子已经没有爸爸了。"

"我们没有爸爸,"我说,"我们也挺过来了。"

"不,我们没有。看看都发生了什么。这都是我的错。"

莉丝抽泣得更响了。她浑身起伏着,喘着气,我担心她会彻底崩溃,也许又会吃安眠药或者做出其他同样糟糕的事情。然后她开始摇着头胡言乱语,说她如何杀了马多克斯,杀了马多克斯,杀了这头疯牛,意志坚定,杀了它,她把那头疯牛杀死了,她把那头坏熊打倒,关在一个黑盒子里,那头疯牛,那头坏熊,那头坏牛,那头疯熊,黑色的盒子,大陷阱,后座,黑色的汽车——她让一切停了下来,这都是她的错,全是她的错。

"这不是你的错,"我说,"是他开始这一切的。但现在一切都结束了。"我开始抚摸她的头发,不停地说:"这不是你的错。结束了,一切都结束了。"过了一会儿她停止哭泣,睡着了。

我坐在她身边,听着她均匀的呼吸声,然后起身把灯关掉,正要离开,突然听到莉丝说:"当心熊。"

我转过头看着她。莉丝是在说梦话。

第五十六章

说实话，我担心这件事不会这么结束。假使有人看见我们在山谷里坐进了马多克斯的车里会怎么样？假使山上的某个邻居看见我们三个人开着车会怎么样？至少，警察肯定会猜想到底马多克斯在怀亚特家后院干什么。

第二天是星期天。我醒来时，早上的阳光已经洒满整个卧室，鸟儿像往常一样正在窗外喧闹着。紧挨着我，莉丝还在熟睡中，我认为这是个好迹象。楼下，汀斯利舅舅穿了一套泡泡纱面料的西装，打着条纹领带。他说他要穿着这套西装到镇上露露脸，探探人们的口风。浸信会教堂和斗牛犬餐厅是最合适的地点。

莉丝稍晚一点醒来，她看上去好多了，但是她的脸色仍然苍白憔悴。她整个上午都在弹吉他；而我则在花园里工作，一边除着鸢尾花周围的杂草，一边在考虑着莉丝的事情。莉丝经历的一切应该得到一枚奖章，我告诉自己。

我放下泥铲，径直走到鸟房，在摇篮里的雪茄烟盒里拿出爸爸的那枚银星勋章。实际上我从未佩戴过它，我觉得必须赢得了一定的殊荣才能佩戴。莉丝有这样的资格，不是因为她所经历的一切，而是为她因妈妈疯疯癫癫而承担起了保护妹妹的责任，一直到我有能力应付世事。克拉伦斯叔叔也有资格，不是因为他开枪打死了马多克斯，而是因为当他还是个孩子时就为了养家而工作，所以爸爸才有了家。同样，艾尔婶婶也够资格，因为她每天晚上在纺织厂里呼吸着皮棉，回到家还要照顾残疾的丈夫和特别幼小的厄尔。还有汀斯利舅舅，因为他收留了两个任性的外甥女。还有妈妈，因为她为了莉丝而回到她所憎恨的地方。相比他们，我不过是跟莉莎·桑德斯打了一架，还有就是顶撞了克莱小姐。

我拿着银星勋章走下楼。莉丝正坐在钢琴前的长凳上弹着吉他。

"这个给你，"我说着将勋章递给莉丝，"你值得拥有它。"

莉丝放下吉他，接过了勋章。"我不能接受这个勋章，"她说，"这是你爸爸的。"她将勋章递还给我："但是我永远不会忘记你想把它送给我。"

午饭后，汀斯利舅舅回到了家。我们跟着他走进客厅，他坐在锦锻蝴蝶椅上，松开领带。

他告诉我们，百乐镇上的每个人自然都知道了枪击事件。大家都在谈论这件事。没有人能说出马多克斯在怀亚特房子后面做什么。警察已经询问过多丽丝。她不知道，但是她要求展开调查。警察也跟怀亚特的邻居们谈过话，但是山上纺织厂的工人们都恨透了马多克斯，也不怎么喜欢警察，所以没有人看见什么，也没有人听见什么——除了枪击声。每个人都听见了。

整个小镇的人都在猜测。但是没有任何猜测有利于马多克斯。人们怀疑这起事件与世仇有关。他是在潜伏？他在刺探那一家？也许他正在计划一场伏击。但是如果要伏击，为什么他将车停在了前面？他随身携带了左轮手枪。至少，他是非法入侵，一个男人当然有权利来保卫他的家人和财产安全。这就是警察在质疑了克拉伦斯叔叔之后并没有逮捕他的原因。他的故事简单却有意义。这些地区的人们总是对狩猎事故津津乐道。就在相邻的另一个县城，一名身穿白衬衫的观鸟人在猎鹿季的开幕当天被杀死了。

还有就是，对警察来说，马多克斯就是一个麻烦制造者，不断提起诉讼和投诉，驱逐租户，奴役纺织厂的工人，殴打山上的男人，追逐全镇上的女人。警察清楚整个镇上除了多丽丝以外的每个人都对马多克斯的消失拍手称快，尽管还有几个问题悬而未决，但是他们更愿意对此视而不见。

"事故之所以发生，"汀斯利舅舅举起双手说，"是因为我误以为他是一头熊。"

他在椅子上坐了一会儿，接着说："我确定我想弹会儿钢琴。"

他打开舞厅的法式大门，把覆盖在钢琴上的绿色天鹅绒台布掀开。他支起钢琴盖子，在长凳上坐下来，快速地扫了几个键，敲出几个和弦,然后开始弹奏起几首古典乐章。即使像我这样的乐盲,古典音乐听起来也十分悦耳。莉丝和我听了一小会儿后,她说:"我们要去捉鸸鹋。"

我们离开家的时候,汀斯利舅舅还在弹着钢琴。我们在仓库里找到了绳子,沿着马路走到了干草场上。快到喂食的时间,鸸鹋们正站在门口等着我们,就像往常一样。

经过三周的努力,莉丝在举着碗喂尤妮斯食物时终于捉住了它。又花了一周的时间,尤妮斯才肯在进食时允许莉丝抚摸它的背。那天下午,尤妮斯在啄着食物,莉丝不断用绳子轻抚着它的背,慢慢地让它适应了绳子,然后突然将绳子套住了它的脖子,尤妮斯停下来,用困惑的眼神看了看莉丝,然后就又去吃食物了。我又快速地用绳子套住了尤金。

莉丝和我都清楚整个捉捕鸸鹋的行动最终可能不过是在浪费时间。或者更坏。鸸鹋可能会用它们的爪子踢我们,也可能会用嘴啄我们的眼睛,又或者跑到马路上引起一场交通事故。一旦我们将它们带回梅菲尔德,这些可恨的鸸鹋也可能会再次逃跑。即便如此,它们还是在我们的照顾之下,我们做着必须做的事情。

我们引导着鸸鹋走到了马路上。起初它们有些发狂,但是接着似乎在绳子的作用下平静了下来,好像放弃也是一种解脱。尤金和我走在前面带路。它实际上走在了我的前面,拽着绳子,好像它明白我们要去哪里,而且它也想去那里。时不时地有车经过,司机会放缓速度,坐在车里的孩子们会摇下车窗,看到莉丝和我将这些疯狂的大鸟带回家,朝我们疯狂地挥舞着手。